Gröls Verlage

„Bücher sind wie Fallschirme. Sie nützen uns nichts, wenn wir sie nicht öffnen."

Gröls Verlag

Redaktionelle Hinweise und Impressum

Das vorliegende Werk wurde zugunsten der Authentizität sehr zurückhaltend bearbeitet. So wurden etwa ursprüngliche Rechtschreibfehler regelmäßig *nicht* behoben, denn kleine Unvollkommenheiten machen das Buch – wie im Übrigen den Menschen – erst authentisch. Mitunter wurden jedoch zum Beispiel Absätze behutsam neu getrennt, um den Lesefluss zu erleichtern.

Um die Texte zu rekonstruieren, werden antiquarische Bücher von Lesegeräten gescannt und dann durch eine Software lesbar gemacht. Der so entstandene Text wird von Menschen gegengelesen und korrigiert – hierbei treten auch Fehler auf. Wenn Sie ebenfalls antiquarische Texte einreichen möchten, finden Sie weitere Informationen auf www.groels.de

Viel Freude bei der Lektüre wünscht Ihnen das Team des Gröls-Verlags.

Adressen

Verleger: Hermann-Josef Gröls,

Im Borngrund 26, 61440 Oberursel

Externer Dienstleister für Distribution & Herstellung:

BoD, In de Tarpen 42, 22848 Norderstedt

Unsere „Edition | Werke der Weltliteratur" hat den Anspruch, eine der größten und vollständigsten Sammlungen klassischer Literatur in deutscher Sprache zu werden. Nach und nach versammeln wir hier nicht nur die „üblichen Verdächtigen" von Goethe bis Schiller, sondern auch Kleinode der vergangenen Jahrhunderte, die – zu Unrecht – drohen, in Vergessenheit zu geraten. Wir kultivieren und kuratieren damit einen der wertvollsten Bereiche der abendländischen Kultur. Kleine Auswahl:

Francis Bacon • Neues Organon • **Balzac** • Glanz und Elend der Kurtisanen • **Joachim H. Campe** • Robinson der Jüngere • **Dante Alighieri** • Die Göttliche Komödie • **Daniel Defoe** • Robinson Crusoe • **Charles Dickens** • Oliver Twist • **Denis Diderot** • Jacques der Fatalist • **Fjodor Dostojewski** • Schuld und Sühne • **Arthur Conan Doyle** • Der Hund von Baskerville • **Marie von Ebner-Eschenbach** • Das Gemeindekind • **Elisabeth von Österreich** • Das Poetische Tagebuch • **Friedrich Engels** • Die Lage der arbeitenden Klasse • **Ludwig Feuerbach** • Das Wesen des Christentums • **Johann G. Fichte** • Reden an die deutsche Nation • **Fitzgerald** • Zärtlich ist die Nacht • **Flaubert** • Madame Bovary • **Gorch Fock** • Seefahrt ist not! • **Theodor Fontane** • Effi Briest • **Robert Musil** • Über die Dummheit • **Edgar Wallace** • Der Frosch mit der Maske • **Jakob Wassermann** • Der Fall Maurizius • **Oscar Wilde** • Das Bildnis des Dorian Grey • **Émile Zola** • Germinal • **Stefan Zweig** • Schachnovelle • **Hugo von Hofmannsthal** • Der Tor und der Tod • **Anton Tschechow** • Ein Heiratsantrag • **Arthur Schnitzler** • Reigen • **Friedrich Schiller** • Kabale und Liebe • **Nicolo Machiavelli** • Der Fürst • **Gotthold E. Lessing** • Nathan der Weise • **Augustinus** • Die Bekenntnisse des heiligen Augustinus • **Marcus Aurelius** • Selbstbetrachtungen • **Charles Baudelaire** • Die Blumen des Bösen • **Harriett Stowe** • Onkel Toms Hütte • **Walter Benjamin** • Deutsche Menschen • **Hugo Bettauer** • Die Stadt ohne Juden • **Lewis Caroll** • *und viele mehr….*

Hugo Bettauer

Bobbie oder die Liebe eines Knaben

1926

I. Kapitel

Bob und Gertie

Leichtfüßig wie eine junge Ziege sprang Bob die steinerne Freitreppe hinauf und drückte anhaltend auf den Glockentaster an dem großen, mit schönen Ornamenten geschmückten Haustor. Die wenigen Augenblicke, die er warten mußte, blickte er nach dem Haus auf der anderen Seite der Straße hinüber und beschattete mit der schmalen, schlanken Knabenhand die Augen, um besser zu sehen, schien aber doch nicht das erspähen zu können, was er suchte. Nun öffnete aber auch schon ein alter grauhaariger Diener, dem der weiße Backenbart einen ehrwürdigen und gravitätischen Ausdruck verlieh. Zärtlich und dabei doch gemessen steif begrüßte er den Knaben mit „Guten Tag, junger Herr!“, worauf ihm Bob vergnügt auf den Arm klopfte, mit „Grüß' Gott, Eduard!“ erwiderte, den Schulranzen auf eine mit einem Teppich bedeckte Bank in der Diele warf und ungeduldig ausrief:

„Wo ist Mama?“

„Die gnädige Frau hat eben die Toilette beendet und liest im Wohnzimmer die Zeitung.“

Mit vier Riesensätzen, immer drei Stufen auf einmal nehmend, stürmte Bob die Treppe empor, und schon war er in dem behaglichen, einfach eingerichteten Zimmer, in dem Frau Holgerman das Morgenblatt las.

Bevor die schlanke, schöne Frau noch hatte aufstehen können, war Bob schon bei ihr und schlang einen Arm ungestüm um ihren Hals, während er in der freigebliebenen Hand ein Papier schwenkte.

„Vorzugszeugnis, Mama, Vorzugszeugnis! Mit Ach und Krach in Mathematik einen Zweier, sonst lauter Einser! Hurra, jetzt bekomm' ich einen Hund!“

Mama machte sich glücklich lächelnd frei, strich dem Knaben die braunen Locken aus der heißen Stirn, drückte ihn dann fest an sich und sagte leise:

„Ich danke dir, Bobbie, du hast mir eine große Freude bereitet!“

„Weißt du, Mama, eigentlich wollte ich sehr traurig hereinkommen und dir zuerst mit weinerlicher Stimme erzählen, ich sei durchgefallen. Aber im letzten Augenblick habe ich es mir überlegt. Du hättest dich doch eine Sekunde lang gekränkt, und es ist schade um jede Sekunde, die sich der Mensch kränkt, besonders wenn er sich freuen kann.“

„Du bist mein lieber, guter Junge, Bob, und wenn Papa dir den Hund schenkt, so gebe ich dir ein schönes Hundehaus und alles, was du sonst brauchst, dazu. Nun ruf' aber schnell Papa an, damit auch er seine Freude hat.“

Bob eilte ins Nebenzimmer, in dem das Tischtelephon stand, und ließ sich mit der Fabrik des Vaters verbinden.

„Hier Bob Holgerman, bitte, wollen Sie mich mit meinem Vater verbinden.“

Rasch war auch das geschehen.

„Papa, ich bekomm' den Hund!“

„Warum, und was für einen Hund?“

„Aber Papa, hast du vergessen, daß heute Schulschluß ist und du mir einen Hund versprochen hast, wenn ich ein Vorzugszeugnis bekäme?... Ja, natürlich bin ich ein Vorzugsschüler, sonst würde ich ja vom Hunde gar nicht sprechen. Danke, Papa, Mama hat sich auch gefreut, und sie will mir für den Hund eine Hütte kaufen. Gelt, Papa, ich darf schon Umschau nach einem Hunde halten?... du bist lieb, Papa, ich danke dir.“

Bob war schon wieder bei der Mama und sagte:

„So, jetzt geh' ich zu Gertie hinüber, sie wird schon auf mich warten. Sie hat eine Stunde früher aus gehabt und wird neugierig sein. Ich werde dann mit ihr im Park Diabolo spielen."

„Geh', mein Junge, unterhaltet euch gut, aber sag' mir nur, warum immer Gertie und nichts als Gertie? Warum hast du gar keine Kameraden, warum spielst du nicht lieber mit anderen Jungen?"

Bob zuckte die Achseln, ein wenig wurde er rot, ein wenig zupfte er verlegen an seiner Bluse.

„Schau, Mama, ich mag nun einmal gerne mit Gertie sein! Und die Jungens, die hab' ich schon immer in den Schulpausen, und ich kann mit ihnen nicht so nett plaudern wie mit Gertie, die mir zuhört und, wenn ich etwas sage, nicht gleich mit ›Quatsch‹ oder ›Das ist gar nichts, da weiß ich ganz was anderes‹ dazwischenfährt.

„Nun, gut, mein Junge, ich habe ja nichts dagegen! Gertie ist ein liebes, braves Mädchen, ich wollte, ich hätte auch so ein Töchterchen wie sie! Also geh' nur und sei pünktlich um ein Uhr zu Hause. Du weißt, Papa ärgert sich sehr, wenn er auch nur eine Minute mit dem Essen warten muß. Und ich werde der Kathi sagen, sie soll noch rasch eine Schokoladentorte machen."

„Nochmals hurra! Das ist ein schöner Tag heute, und ich werde Gertie sagen, daß ich ihr ein Stück Torte aufhebe, und beim Aussuchen des Hundes muß sie auch dabei sein."

Kopfschüttelnd, lächelnd und ein bißchen nachdenklich sah Frau Holgerman dem über die Straße stürmenden Jungen durch das Fenster nach. Frau Holgerman hatte allen Grund, auf ihren Jungen stolz zu sein. Ungestüm war er wohl wie ein Füllen, mitunter auch recht eigenwillig, aber dabei gut und vornehm, ein echter, kleiner Kavalier, klug und begabt, und schön, wie ein Junge es nur sein kann. Schlank und geschmeidig war er, dabei frei von jener Eckigkeit, die sonst Knaben um das zwölfte, dreizehnte Jahr herum gewöhnlich anhaftet, und braune, bis fast auf die Schultern fallende Locken umrahmten das ovale, eher bräunliche als rosige Gesicht, aus dem klare, große, von langen Wimpern umschattete Augen mit fast männlicher Energie strahlten. Kein Wunder, wenn in der ganzen Umgebung Bob von alt und jung geliebt wurde und ihm sogar die griesgrämigsten alten Schulfüchse mit väterlicher Milde entgegenkamen und ihm manchen Streich, manche voreilige Bemerkung verziehen, die jedem anderen eine Eintragung ins Klassenbuch gebracht hätte.

Bobs Vater stammte aus alter, dänischer Familie und war der Alleinbesitzer einer großen Fabrik für Stahlwaren, ein sehr reicher, ein wenig verschlossener Mann, hoch in den Vierzig, während Frau Alma Holgerman viel italienisches Blut in den Adern hatte, lebhaftes, leicht erregbares Blut, das wohl Bob von ihr, zusammen mit den dunkelbraunen Haaren, mitbekommen hatte. Herr Holgerman hatte vor fünfzehn Jahren, als er die Fabrik in der großen Stadt übernahm, ein schönes, geschmackvolles, für ein junges Ehepaar wohl zu geräumiges Haus in dem Villenviertel gekauft. Er und seine Frau hatten reichen Kindersegen erwünscht und erhofft, aber Bob, der erst nach dreijähriger Ehe zur Welt kam, blieb der einzige, sehr zum Kummer Herrn Holgermans, der sich gerne eine Schar von Jungen, auch zum Kummer Frau Holgermans, die sich gerne nach dem Sohne noch ein Töchterchen gewünscht hätte.

Bob stürmte über die Straße und betrat das Haus, in dem seine kleine, nur um zwei Jahre jüngere Freundin Gertie mit ihrer Mutter wohnte. Dieses Haus war aber keine Villa mit Garten wie bei Holgermans, sondern ein recht gewöhnliches, unansehnliches Mietshaus, das in seinen drei Stockwerken neun Wohnungen barg. Es war halb zwölf Uhr, als Bob das Haus betrat; die kleinen Beamten und Geschäftsleute, die in solchen Miethäusern wohnen, essen früher zu Mittag als die reichen Leute, die eigentlich nie so recht Hunger haben, und so roch es denn, als Bob die Treppe zum zweiten Stockwerk hinaufging, von allen Seiten nach Kohl, Gemüse, gekochtem Fleisch und anderen Dingen, die gut schmecken mögen, aber der Nase des Unbeteiligten nicht zu sonderlicher Freude dienen. Bob, gegen unangenehme Gerüche, Geräusche und Anblicke sehr empfindlich, wie so oft die Sprößlinge alter, kultivierter Familien, verzog das Gesicht. Gleich darauf glättete es sich aber wieder, denn er erinnerte sich, daß ja Gertie hier im Hause wohne.

„Wenn ich erst groß bin," sagte er sich, „so werde ich mit Gertie nicht in einem solchen Hause mit fremden Leuten zusammen wohnen, sondern in einer Villa, wie wir sie haben. Sie muß aber ganz aus weißem Marmor sein, weil Weiß Gertie so gut steht."

Und schon hatte er die Glocke gezogen, unter der „Frau Anna Sehring" stand, und schon hüpfte ihm ein schneeweiß gekleidetes, kleines Mädchen entgegen und rief:

„Nun, Bobbie, wie ist es ergangen?"

„Vorzugsschüler!" sagte Bob mit möglichst viel Leichtigkeit in der Stimme, um ja nur nicht den Eindruck zu erwecken, als würde er das gar zu wichtig nehmen.

Gertie aber sprang jubelnd in die Höhe, packte Bob bei beiden Händen, zog ihn ganz in den Vorraum zur Wohnung hinein, drehte ihn im Wirbel umher und schrie: „Mama, Mama, komm', Bob ist Vorzugsschüler geworden!"

Frau Anna Sehring, Gerties Mutter, kam lächelnd herein, beglückwünschte Bob und ließ sich das Zeugnis zeigen. Mit einem wehmütigen Lächeln auf dem blassen, abgehärmten Gesichte, in das viele, viele Tränen kleine Rinnen gezogen hatten sagte sie ganz leise:

„Sicher hätte mein Harry mir auch nur gute Zeugnisse gebracht, er war ein guter und kluger Junge." Und nun tropften wieder Zähren über die Wangen. Das kleine Mädchen schlang den Arm um den Hals der Mutter, lehnte seine rosigen Backen an das Gesicht der weinenden Frau und sagte begütigend:

„Mutti, Mutti, nicht weinen –"

Bob aber meinte ernst: „Sie sollten nicht immer so traurig sein, Frau Sehring. Unser Geschichtsprofessor hat ganz recht, wenn er sagt, man dürfe um die Toten nicht klagen, weil es ihnen gut geht und man ihnen ihre Ruhe und den ewigen Frieden nicht neiden darf. Und dann haben sie doch Gertie und –“ Er wollte sagen, ich bin ja auch noch da, aber irgendwie schien es ihm unpassend zu sein und er schwieg errötend.

Frau Sehring hatte viel Kummer erlebt, unter dessen Last sie frühzeitig gealtert war. Ihr Sohn, der jetzt vierzehn gewesen wäre, war vor sechs Jahren, als Gertie kaum fünf Jahre alt war, plötzlich an einer Gehirnhautentzündung gestorben, und ihr und ihres Mannes Jammer war grenzenlos gewesen. Herr Sehring war Offizier und immer hatte er davon geträumt, seinen Jungen dieselbe Laufbahn ergreifen und einen großen Feldherrn werden zu lassen. Er konnte über den Verlust des einzigen Sohnes nicht hinwegkommen und war von da an ein verschlossener, wortkarger und unwirscher Mann geworden, den nicht einmal der Anblick des heranwachsenden Töchterchens trösten wollte. Dann kam der Krieg, Major Sehring rückte ein, zeichnete sich vielfach aus und fiel an der Spitze seines Regimentes. Vermögen hinterließ er nicht, und so war seine Witwe mit Gertie ganz auf die schmale, staatliche Pension angewiesen und konnte nur mühsam, unter Verzicht auf jeden Luxus und jedes Wohlleben, ihr Auskommen finden.

Gertie aber war das süßeste kleine Blondchen, das man sich auf der Welt vorstellen konnte. In der ganzen Stadt hätte man vergebens nach einem zierlicheren Figürchen, nach ähnlich tiefblauen Augen, nach so schönen, wie lauteres Gold glänzenden Locken suchen können, und es war wirklich kein Wunder, wenn sich alle Leute nach Gertie auf der Straße umdrehten. Täglich hörte es Gertie auf ihrem Schulweg in allen Tonarten an ihr Ohr klingen:

„Sapperlot, seht nur das schöne, kleine Mädchen! Sieht es nicht wie ein Engel aus?“

Aber Gertie war zu kindlich, zu harmlos, um durch solche Worte selbstbewußt und stolz zu werden; sie freute sich einfach darüber, daß alle Leute lieb zu ihr waren und sie schön fanden, wie sich etwa ein kleines Mädchen freut, wenn man seine Puppe oder sein Kleidchen lobt.

Wie die beiden Kinder nun Hand in Hand die Straße entlang gingen, um nach dem nur wenige Schritte entfernten großen Park zu gelangen, boten sie ein so harmonisches Bild knabenhafter und mädchenhafter Lieblichkeit, daß sogar der Fleischer an der Ecke, berühmt wegen seiner Grobheit und Unfreundlichkeit gegen Kinder, die er unnützes Unkraut zu nennen pflegte, ihnen aus dem Laden freundlich zunickte, seiner dicken, kinderlos gebliebenen Ehehälfte einen sanften Rippenstoß gab und sagte:

„So was, wenn man hätte, das könnt' einem schon das Leben angenehm machen!"

II. Kapitel
Zukunftspläne

Die Freundschaft zwischen den beiden Kindern war damals vor drei Jahren entstanden, als Gertie zum erstenmal in ihrem Leben nach dem Tode des Majors Sehring statt eines hellen Kleidchens ein schwarzes tragen mußte. Es war ein heißer Sommertag zu Ende Juli wie heute gewesen, und Gertie saß allein, von all dem Jammer zu Hause, den sie in seiner ganzen Tragik wohl empfand, aber nicht verstehen konnte, verstört auf einer Bank im Park. Da trat aus einer Gruppe von Kindern, die irgendein Spiel aufführen wollten, ein grobschlächtiger Junge auf sie zu und sagte, während er mit dem schmutzigen Zeigefinger in der Nase bohrte:

„Komm' mitspielen, wir brauchen noch eine!"

Schüchtern erwiderte das kleine, blonde Ding: „Ich danke, ich mag' aber heute nicht spielen."

Wohl hatte Mutter ihr das Spielen nicht verboten, aber trotz ihrer acht Jahre fühlte sie doch, daß sie heute, wo Papa irgendwo in weiter Ferne in einem frisch geschaufelten Grab lag, nicht spielen und heiter sein durfte. Und dann gefielen dem feinen Kinde, das immer wie eine Prinzessin aussah, der Junge und seine Gefährten durchaus nicht.

Der Junge pflanzte sich nun breit vor Gertie auf.

„Was, spielen magst du nicht? Vielleicht weil du ein schwarzes Kleid anhast! Bildest dir wohl ein, wir sind nicht fein genug für dich! Steh' auf und komm', sonst setzt es was ab.“

Und schon hatte er Gertie beim Arm gepackt und in die Höhe gezerrt. Gertie fing zu weinen an und wehrte sich, da versetzte ihr der Junge einen Schlag ins Gesicht und wollte weiter drauflosschlagen.

In diesem Augenblicke aber war Bob, der die Szene beobachtet hatte, zur Stelle. Seinen Schulranzen warf er ins Gras, stürzte sich auf den rohen Jungen und haute ihm links und rechts Maulschellen herunter; ein kurzes Ringen und der Unhold flog wie ein Gummiball nieder. Wohl sprang er wieder auf, um sich auf Bob zu werfen; als er aber in dessen bleich gewordenes Gesicht mit den funkelnden Augen sah, schlich er wie ein geprügelter Hund fort. Bob ging nun auf das kleine Mädchen zu, das vor lauter Überraschung zu weinen vergessen hatte und ihn bewundernd ansah.

„Ich heiße Bob Holgermann. Sag' mir, wie du heißt und wo du wohnst, ich bringe dich nach Hause.“

Gertie machte einen artigen Schulknicks, vergaß aber vor lauter Verlegenheit zu antworten und begnügte sich mit der hingebungsvollsten Feststellung: „Bist du aber stark! Könntest auch unsere Zeichenlehrerin verhauen!“

Dann ergriff sie die warme Hand des Knaben und ließ sich von ihm bis zu ihrem Hause führen, wobei Bob entdeckte, daß das blonde, kleine Mädchen mit den veilchenblauen Augen und dem schwarzen Kleid gerade der Villa seines Vaters gegenüber wohnte.

Von da an wurden diese beiden unzertrennliche Spielgefährten, bald besuchten sie einander täglich und auch Frau Sehring begann im Hause des millionenreichen Fabrikanten und seiner Gattin, die die unglückliche, gebildete und sehr stille Frau schätzte, als Gast zu erscheinen.

Bob ging nun heute als frischgebackener Vorzugsschüler, die herrlich langen Sommerferien vor sich, in fieberhafter Erwartung des versprochenen Hundes, mit Gertie in den Park. Sie hatten zuerst wie gewöhnlich Diabolo spielen wollen, aber das ging heute doch nicht. Bob fühlte sich, er war voll Mitteilungsdrang, er mußte sprechen. Sie gingen zuerst den Weg knapp am Parkgitter entlang, aber ein großes, geschlossenes Automobil, das im langsamsten Tempo fast neben ihnen her, nur außerhalb des Gitters fuhr, störte sie mit seinem Rattern und Benzingestank und so bogen sie in eine schattige Allee ein und ließen sich auf einer Bank nieder.

„Bob, freust du dich sehr über dein gutes Zeugnis?"

Bob überlegte und strich sich die Locken aus der freien, hohen Stirn.

„Eigentlich wollte ich sagen: Ach was, es ist mir ganz egal! Weil Jungens immer so tun müssen, als wenn ihnen solche Schulsachen nicht so wichtig wären. Aber ich freue mich doch sehr. Auf den Hund, und weil Mama sich freut, und weil du dich freust. Und dann freue ich mich, weil es mir gelungen ist. Weißt du, Gertie, Mathematik und Geographie sind sehr ekelhaft, und ich denke, man sollte Jungens nicht so damit quälen. Aber wegen des Hundes, den mir Papa versprochen hat, und wegen der Freude von Mama wollte ich Vorzugsschüler werden, und nun sehe ich, daß man kann, was man will. Lebertran kann man nicht essen, wenn man nicht will; wenn man aber will, kann man es auch. Und mit der Mathematik ist es nicht anders. Und drum sage ich auch, ich will dich heiraten, Gertie, und wenn ich groß bin, tue ich es auch gewiß. Papa hat mir, als er es einmal hörte, gesagt, ich sei ein dummer Junge und solle nicht an solche Sachen denken. Aber ich meine, daß ich immer daran denken soll, weil ich dann nie aufhören werde, es zu wollen, und wenn ich etwas ernstlich will, dann kann ich es auch tun."

Mit scheuer Bewunderung hing Gertie an seinen Lippen.

„Ach, Bob, das wird zu herrlich sein, wenn du mich heiraten wirst. Aber Mami darf immer bei uns wohnen, nicht wahr? Und eine kleine Katze werde ich auch bekommen, mit der ich mir die Zeit vertreiben kann, wenn ich warte, bis du aus der Fabrik kommst, nicht wahr?"

Bob machte ein sehr nachdenkliches Gesicht.

„Deine Mama muß natürlich bei uns wohnen, weil sie sonst ganz allein ist. Unsere Köchin hat zwar neulich gesagt, daß immer die Hölle los ist, wenn die Schwiegermutter im Hause wohnt, aber bei deiner Mama glaube ich das nicht, weil sie sehr gut und sanft ist. Das mit der Katze sollst du dir aber aus dem Kopfe schlagen, Gertie. Ich habe in der Zeitung gelesen, daß ein kleines Kind daran gestorben ist, daß es der Katze ins Fell griff und dann Katzenhaare in den Mund bekam. Und ich denke, wie furchtbar das wäre, wenn das unserem Kinde geschehen würde. Und dann werden wir ja ein eigenes Haus bewohnen, und da gibt es sehr viel zu tun, so daß du dich gar nicht langweilen wirst. Meine Mama langweilt sich auch gar nicht."

Gertie sah das alles ein, den Mangel an Langeweile und auch die Gefahr für die Kinder, und ging auf ein anderes Thema über.

Bob und Gertie standen aber bald auf, um nun doch ein wenig Diabolo zu spielen. Sie verließen die schattige Allee und begaben sich nach dem großen, freien Spielplatz in der Mitte des Parkes, der mit feinem, weißem Sand bestreut und ringsum von Bänken umgeben war. Da tollte die Jugend des ganzen Villenvororts herum, saßen die Kinderfrauen und Ammen mit ihren Babies, strickten und stickten Mütter, um von Zeit zu Zeit aufzublicken und warnend zu rufen: „Erhitz' dich doch nicht so, Elsie!" Da wurden zwischen Knaben Schlachten ausgekämpft, kicherten Backfische mit langen Zöpfen, wenn hinter ihnen Gymnasiasten aus den oberen Klassen einhergingen und es an anzüglichen Bewerbungen nicht fehlen ließen; zwischendurch flogen die Gummibälle und Diabolos hoch in die blaue, von der Sonne durchflimmerte Luft.

Auch Gertie und Bob schleuderten ihre Spulen himmelaufwärts, und bald hatte sich um sie ein Kreis von bewundernden Zuschauern gebildet. Die Kinder wetteiferten an Anmut und Geschicklichkeit miteinander. Flog Gerties Spule so hoch empor, daß sie nur mehr wie ein Punkt aussah, so schleuderte Bob die seine noch um ein gutes Stück höher, um gleich darauf wieder von seiner kleinen Freundin übertroffen zu werden, Und es war ein reines, ungemischtes Vergnügen, zu sehen, wie sich die schlanken Körper der beiden hoben und senkten, drehten und beugten, wie ihnen die Locken um die im Eifer des Spieles erglühenden Wangen flogen und wie sie neidlos einander lobten und ermunterten. Auch der außerordentlich gefürchtete einbeinige Parkwächter in seiner verschlissenen Veteranenuniform konnte sich von dem Anblick nicht trennen, so daß hinter seinem Rücken ungezogene Rangen in aller Seelenruhe die Blumenbeete plündern konnten. Und als er schmunzelnd erklärte: „Das ist das hübscheste Pärchen, das ich seit vierzig Jahren in dem Park gesehen habe“, da nickte man ihm von allen Seiten beistimmend zu.

III. Kapitel

Bob wird abberufen

Inzwischen war es zwölf Uhr geworden, und Bob mahnte: „Gertie, jetzt hören wir auf und kühlen uns langsam ab, damit du dich im Schatten nicht erkältest. Um ein Uhr müssen wir ja beide zu Hause sein.“

Jetzt erst bemerkten sie, daß sie eine große Zuschauermenge gehabt hatten, und ein wenig verlegen beeilten sie sich, wieder Hand in Hand davonzuschlendern. Unter den Zuschauenden befand sich aber auch ein großer Mann, dessen Häßlichkeit erschreckend wirkte. Er schien ein Negermischling zu sein, sein blatternzerfressenes Gesicht hatte eine Färbung, bei der man nicht wußte, ob sie gelb oder blau sei, und die eine Augenhöhle war leer und das andere Auge blutunterlaufen, tückisch und stechend. Er stand, als die Kinder gingen, dicht vor ihnen, und Gertie erschrak so, daß sie unwillkürlich Bobs Hand krampfhaft umklammerte. Auch Bob durchfuhr ein Grauen, aber er faßte sich rasch und sagte, während er Gertie eilig fortzog:

„Brrr, wie greulich der Mann aussieht! Der Arme! Sicher ist niemand gut und lieb zu ihm! Welches Glück ist es doch, zu wissen, daß man den Leuten gefällt!“

„Gefalle ich dir auch?“ fragte Gertie mit dem schelmischen Lächeln des kleinen Weibchens, in dem die Koketterie mit den ersten Gehversuchen erwacht und mit dem letzten Zahne noch lange nicht erlöscht.

„Sehr gefällst du mir, Gertie! Würdest du mir nicht so gefallen, so hätte ich dich wahrscheinlich gar nicht lieb. Ich weiß, das ist sehr häßlich von mir und vielleicht sogar eine Sünde. Aber so bin ich nun einmal, und Papa meint immer, man solle getrost seine Eigenart bewahren. Sicher hab' ich dich auch lieb, weil du gut bist und mich lieb hast. Aber hättest du solche Blatternarben wie dieser Mann, so würde ich dich doch nicht so lieb haben können und lieber mit anderen Jungens spielen als mit dir."

Da lachte Gertie hellauf und war sehr glücklich, ein hübsches, kleines Mädel mit samtweicher Haut und blonden Locken zu sein.

Die Kinder waren, um sich abzukühlen, langsam auf und ab gegangen, dann setzten sie sich auf eine Bank im Schatten und plauderten behaglich weiter. Aber nicht lange, denn plötzlich erschien der alte Diener Eduard des Holgermanschen Hauses.

„Junger Herr, ich suche Sie schon im ganzen Park. Der Herr Professor Brummel hat telephonisch nach dem jungen Herrn gefragt und gebeten, Sie möchten ihn so rasch als möglich anrufen."

Verdutzt sprang Bob auf.

„Was mag er nur wollen? Na, er hat sich ja in der letzten Zeit immer von mir die Hefte nach Hause tragen und von Hause holen lassen, wahrscheinlich will er wieder so etwas. Aber heute, wo die Ferien begonnen haben? Komm', Gertie wir gehen jedenfalls."

Gertie kicherte.

„Vielleicht will er dir sagen, daß er sich geirrt hat und du gar kein Vorzugsschüler bist."

Bob lachte. „Quatsch! So etwas gibt es nicht! Es war doch vorher Konferenz und da wurde das alles ausgemacht."

Der alte Eduard war vorausgeeilt. Als die Kinder die Villa Holgerman erreicht hatten, zögerte Bob noch einen Augenblick. „Weißt du, Gertie, warte hier unten auf mich, ich bin gleich wieder bei dir. Wenn du jetzt mitkommst, so hält uns Mama fest, und wir wollen doch noch ein wenig allein miteinander plaudern."

Bob sprang wieder die Treppen hinauf und eilte in das Zimmer, in dem der Telephonapparat stand. Dieses Zimmer ging wohl auf die Straße, aber das Telephon stand auf einem Schreibtisch an der dem Fenster gegenüberliegenden Seite so daß man, wenn man sprach, nicht hinaussehen konnte. Bob rief das Amt an und gab ihm die ihm wohlbekannte Nummer des Professor Brummel. Es dauerte ziemlich lange, bis sich jemand dort meldete. Gerade als endlich Professor Brummel selbst auf der anderen Seite sein „Hallo, wer dort?" rief, hörte Bob, wie auf der Straße ein Automobil langsam vorbeifuhr und gleich darauf war es ihm, als hörte er einen Schrei. Einen schrillen, ängstlichen Schrei. Im Bruchteil einer Sekunde ging es dem Knaben durch den Kopf, daß Gertie den Schrei ausgestoßen haben könnte. Aber Professor Brummel sagte eben:

„Na, Holgerman, womit kann ich dir dienen?" Und Bob dachte vor lauter Verwunderung nicht mehr an den Ruf von der Straße.

„Herr Professor haben mich doch vorher sprechen wollen und mir sagen lassen, ich möchte sie anklingeln. – Wie, dies ist Ihnen gar nicht eingefallen? Nein, so etwas! – Ja, Sie haben recht, Herr Professor, sicher ein dummer Streich von einem Buben. Also verzeihen Sie, daß ich Sie gestört habe. – Nein, jetzt fahren wir noch nicht aufs Land, erst in vier Wochen. Papa kann noch nicht fort und Mama will ihn nicht allein lassen. – Ich danke, Herr Professor, ich werde es ausrichten. –

Zu dumm", brummte Bob in sich hinein, als er die Treppe hinabeilte. „Fällt so einem Burschen nichts anderes ein, als den alten Brummel zu ärgern. Gertie wird aber lachen, wenn ich es ihr sage."

Frau Holgerman kam ihm auf der Treppe entgegen.

„Bobbie, willst du nicht lieber schon zu Hause bleiben? Es ist ja halb ein Uhr!"

„Mama, Gertie wartet unten auf mich, wenn es dir aber lieb ist, so ruf ich sie herein."

„Tue das, Bobbie, du weißt doch, ich freue mich immer, wenn Gertie bei uns ist. Vielleicht erlaubt ihr die Mama, daß sie bei uns zu Tisch bleibt.“

„Hurra, fein!“ schrie Bob, ich werde Frau Sehring die Erlaubnis schon abbetteln.“ Und draußen war er.

Gertie war aber nicht unten. Bob schaute die Straße entlang, nach rechts und nach links, von Gertie keine Spur.

IV. Kapitel
Gertie ist nicht zu Hause

„Kleine Mädchen sind ungeduldig und wollen nicht warten,“ murmelte Bob in sich hinein. „Wenn ich erst einmal mit Gertie verheiratet bin, werde ich sie zur Geduld erziehen. Aber vielleicht ist sie auch nur fortgegangen, weil irgend so ein alter Narr stehen blieb und gesagt hat: „Ein schönes kleines Mädchen! Wie heißt du, mein liebes Kind? und sie dabei streicheln wollte. Das mag Gertie nicht leiden, und es ist mir ganz recht, daß sie es nicht leiden mag. Viele Erwachsene bilden sich ein, daß es Kindern angenehm ist, wenn man Bemerkungen über sie macht und sie anfaßt. Das ist aber Kindern gar nicht angenehm, sondern sehr lästig und ich werde es bei unseren Kindern nie tun!“

Unter solchem Selbstgespräch hüpfte er über die Straße in das Haus, in dem Gertie wohnte, eilte die Treppe hinauf und läutete.

Gerties Mutter öffnete und war sehr verwundert, daß der Kleine nach seiner Spielgefährtin fragte.

„Kind, ich dachte, ihr seid zusammen in den Park gegangen?

„Jawohl, Frau Sehring, wir waren im Park. Aber dann wurde ich nach Hause gerufen, weil ein dummer Junge mir einen Streich gespielt hat, indem er so tat, als hätte Professor Brummel mich angerufen. Und als ich endlich wieder herunterkam, war Gertie, die unten auf mich warten wollte, weg. Nun, sie wird in den Garten zurückgegangen sein. Frau Sehring, darf Gertie bei uns speisen? Mama läßt darum bitten, und es gibt auch etwas besonderes Gutes heute.“

Frau Sehring zögerte mit der Antwort:

„Bobbie, ich will euch ja nicht die Freude stören. Aber Gertie ißt so oft bei euch, und ich kann eure Freundlichkeit nicht erwidern; das sollte eigentlich nicht sein."

„Frau Sehring, am liebsten wäre es mir und Mama und Papa, wenn Gerti täglich bei uns wäre. Und das mit dem Erwidern soll Sie nicht bekümmern. Wenn ich groß bin, werde ich oft genug zu Ihnen zum Tee kommen."

Frau Sehring lächelte wehmütig.

„Oh, Bobbie, wenn du groß bist, dann denkst du an Gertie gar nicht mehr, hast andere Freunde und Freundinnen und wirst dich wundern, daß du einmal soviel mit einem armen, kleinen Mädchen beisammen sein konntest."

Bob geriet ordentlich in Harnisch.

„Nein, Frau Sehring," rief er mit rotem Kopf, „nie werde ich sie vergessen und nie mich um andere Mädchen kümmern, das sage ich Ihnen! Und wenn Gertie nur wollen wird, so werden wir auch immer beisammen bleiben. Ich weiß wohl, es gibt Jungens, die sich aus Mädchen nichts machen, oder jeden Tag mit einer anderen spielen wollen. Aber ich, ich muß immer an Gertie denken, auch wenn wir nicht beisammen sind. Und sie darf bei uns bleiben, nicht wahr, Frau Sehring?"

Frau Sehring nickte lachend: „Gut, es sei, aber nun rasch in den Park, laß' meine Tochter nicht so lange warten. Und sie soll, bevor sie zu euch geht, noch heraufkommen, um sich die Hände und das Gesicht zu waschen."

V. Kapitel

Gertie ist verschwunden

Bob rannte im Park die schattige Allee entlang, ohne das Mädchen zu finden. Er eilte nach dem Spielplatze, der nun fast ganz verödet dalag. Von

Gertie war nichts zu sehen. Auf und ab rannte der Knabe, und ein seltsam banges Gefühl, beschlich ihn; er fühlte, wie sein Herz ungewohnt stark zu klopfen begann. Zuerst leise, dann halblaut, schließlich mit ganzer Lungenkraft schrie er den Namen Gerties, aber niemand meldete sich. Nun erblickte er den alten, invaliden Parkwächter.

„Lieber, guter Herr, haben Sie das kleine Mädchen gesehen, mit dem ich vorhin gespielt habe?"

Der alte Mann gab Bob einen Nasenstüber.

„Bist ja selbst mit ihr fortgelaufen, habe euch noch nachgeblickt."

„Ja, aber ist sie nicht allein wieder zurückgekommen?"

Der Wächter verneinte und bot Bob eine Prise aus einer schwarzen Horndose an, die aber Bob zurückwies. Aufgeregt begann der Junge wieder umherzulaufen und nach Gertie zu schreien. Schließlich blieb er stehen, wischte sich die Schweißtropfen aus der Stirn und überlegte:

„Ein dummer Junge bin ich! Natürlich, Gertie ist zurück in den Park gegangen und der Wächter hat sie eben nicht gesehen. Alte Männer werden oft vergeßlich und zerstreut. Gertie hat eine Weile gewartet und ist dann nach Hause gegangen, während ich hierhereilte. Aber da hätte ich ihr doch unterwegs begegnen müssen. Nein, sie wird in unser Haus gegangen sein. Ja, so ist es, und nun ist Gertie bei uns und gleich wird Papa zum Essen kommen."

Eduard öffnete dem jungen Herrn, der ihn fast anschrie:

„Ist Gertie hier gewesen?"

„Nein."

„Haben Sie immer selbst die Türe geöffnet, wenn es klingelte?"

Der Diener bejahte, und Bob stürmte, ohne etwas zu sagen, über die Straße hinüber. Fast stürmisch zog er bei Frau Sehring die Türklingel und fragte mit gepreßter Stimme die alte Dame, ob Gertie nun zurückgekommen sei.

Frau Sehring erblaßte und fuhr sich nervös über die vorgebundene Schürze.

„Nein, aber was soll denn das bedeuten? Wo kann Gertie nur stecken?“

Bob zitterte am ganzen Körper, sah aus weit aufgerissenen Augen vor sich hin und murmelte: „Ja, wo mag Gertie nur sein?“

Frau Sehring begann zu weinen, sie taumelte und mußte sich an die Wand lehnen.

Bob, dem ebenfalls das Weinen nahe war, tröstete: „Nun, Frau Sehring, ein kleines Mädchen ist keine Stecknadel, die verloren geht und nicht gefunden werden kann. Sie wird schon gleich kommen, Frau Sehring, regen Sie sich nur nicht auf, es könnte Ihnen schaden, und Gertie wäre sehr betrübt, wenn sie es wüßte. Ich laufe eben mal rasch zu uns hinüber, Papa wird schon zu Hause sein und Rat wissen.“

In Wirklichkeit war es Bob aber gar nicht wohl zumute und bange Ahnungen bedrückten sein kleines Herz gar schwer. Herr Holgerman saß schon bei Tisch, und der schlanke, große Mann mit dem ernsten hageren Gesicht runzelte unwillig die hohe, stark gewölbte Stirne, als Bob verspätet ins Eßzimmer trat. Auch Frau Holgerman war ein wenig ärgerlich und sagte strenge:

„Bob, ich habe dir ausdrücklich gesagt, du sollst nicht zu spät kommen! Und wo ist Gertie, ich habe für sie decken lassen?“

Bob war aber so blaß, daß es seiner Mutter auffiel, während sie noch die tadelnden Worte sprach.

„Ihr dürft nicht böse sein,“ sagte der Knabe mit ein wenig zitternder Stimme, „ich wäre sicher pünktlich gewesen, aber es hat sich etwas Unangenehmes zugetragen. Gertie ist spurlos verschwunden.“ Und er erzählte, wie Gertie ihn vorhin vor das Haus begleitet hatte, um unten zu warten, während er telephonierte, und wie er sie dann überall, hier und bei ihrer Mutter und im Park vergeblich gesucht habe, und wie nun Frau Sehring ganz verzweifelt sei und zu Hause weine.

Frau Holgerman sprang entsetzt auf: „Um Himmels willen, wie ist das nur möglich? Es wird ihr doch nichts zugestoßen sein! Die arme Frau Sehring! Ich will gleich einmal zu ihr hinüber."

Auch Herrn Holgermans Gesicht war sehr ernst geworden, aber er legte beschwichtigend seine Hand auf den Arm der Gattin.

„Beruhige dich, Alma, es wird nicht so schlimm sein. Sie wird sich irgendwo verlaufen und nicht so rasch nach Hause gefunden haben. Jedenfalls wollen wir zuerst in Ruhe ein paar Bissen essen und dann weiter sehen."

Der Rat war sicher gut gemeint, aber nicht leicht zu befolgen. Bob konnte trotz aller Anstrengungen keinen Bissen hinunterwürgen, und auch seine Mutter war nervös und ungeduldig und ließ so rasch als möglich wieder abräumen. Herr Holgerman zündete sich eine Zigarre an, lehnte sich in den breiten Armstuhl zurück und begann:

„Nun, Kinder, wollen wir ruhig überlegen. Du, Bob und Gertie, ihr seid nach elf Uhr in den Park gegangen und dort so lange geblieben, bis du nach Hause gingst, um zu telephonieren. Mit wem hattest du übrigens so wichtig zu sprechen, daß du eigens deshalb das Spiel unterbrachst?"

„Das ist ja das Dumme, Papa," rief Bob, „ich bin einfach zum Narren gehalten worden. Irgendein dummer Junge aus unserer Klasse hat unter dem Namen des Professor Brummel bei uns angeklingelt, angeblich, um mich zu sprechen. Eduard hat mich im Park aufgesucht, und nun ging ich mit Gertie sofort nach Hause, um den Professor anzurufen. Er wußte aber von nichts."

Herr Holgerman legte die Zigarre beiseite und sah nachdenklich vor sich hin.

„Die Geschichte gefällt mir nicht," murmelte er. „Wer war am Apparat, als der Professor Brummel angeblich mit dir sprechen wollte?"

„Lizzy," erwiderte Frau Holgerman.

„Gut, ich werde sie später fragen. Aber nun fahre fort! Wie lange hast du dich am Telephon aufgehalten, Bobbie?"

„Ich bekam sofort die Verbindung, also sicher nicht mehr wie drei Minuten. Dann sprach ich noch mit Mama, vielleicht auch drei Minuten lang, und dann ging ich hinunter und Gertie war nicht mehr da."

„Du weißt also nicht, wie lange und ob überhaupt Gertie unten vor dem Hause auf dich gewartet hat?"

„Nein, Papa, aber –" Bob fuhr erregt in die Höhe, „jetzt erinnere ich mich, daß, während ich telephonierte, unten langsam ein Auto vorbeifuhr – sehr langsam sogar – das fiel mir auf. Und außerdem hörte ich einen Aufschrei. Aber ich achtete nicht weiter darauf, weil sich in dem Augenblick Professor Brummel meldete. Und noch etwas fällt mir ein, Papa! Als ich mit Gertie von drüben nach dem Spielplatz ging, schritten wir zuerst die Alleen entlang, neben dem Gitter und der Straße, und da fuhr draußen ein großes Automobil ganz langsam in derselben Richtung."

Herr Holgerman, an dessen Lippen nun seine Frau und Bob ängstlich gespannt hingen, bedeckte die Augen mit der Hand, wie er es immer zu tun pflegte wenn er angestrengt nachdachte.

„Das alles kann etwas zu bedeuten haben, kann aber auch bloßer Unsinn sein, der mit der Sache nichts zu tun hat."

Plötzlich schlug Herr Holgerman mit der flachen Hand schwer auf den Tisch.

„Nun fällt mir aber ein, daß schon vor einiger Zeit, etwa vor drei Monaten und dann noch weiter zurück, kurz nach oder vor Neujahr, Kinder, ich glaube, es waren beide Male kleine Mädchen, aus öffentlichen Gärten verschwunden sind. Aber wahrscheinlich wurden sie wiedergefunden, denn man hat nichts mehr darüber gehört. Nun wollen wir aber hinüber zu Frau Sehring, wo wir die kleine Ausreißerin wahrscheinlich munter und lustig antreffen werden."

Dem war aber nicht so. Händeringend und schluchzend machte ihnen Frau Sehring die Türe auf, und als Familie Holgerman ohne Gertie vor ihr stand, drohte die arme Frau vor Aufregung ohnmächtig zu werden, sie bekam einen hysterischen Weinkrampf und wimmerte unablässig.

„Mein Kind, mein Kind, was hat man meinem Kind getan!“

Da war es denn auch mit Bobbies Selbstbeherrschung aus. Er begann ebenfalls bitterlich zu weinen, trat an Frau Sehring, die von dem Ehepaar zu einem Diwan geleitet worden war, heran und sagte schluchzend:

„Ich werde Gertie schon finden, Frau Sehring, ganz sicher, ich werde sie finden.“

Herr Holgerman, der derartige Szenen nicht vertragen konnte, überließ Gerties Mutter, die ohnmächtig zu werden drohte, seiner Frau, nahm Bob bei der Hand, sagte kurz: „Komm'!“ und ging mit ihm in seine Villa hinüber. Dort ließ er die ganze Dienerschaft, den alten Diener Eduard, Lizzy, das Stubenmädchen, und Kathi, die Köchin, zusammenkommen und stellte eine Art Verhör mit ihnen an. Die Leute, die schon erfahren hatten, was geschehen war, standen redelustig und aussagebereit da.

VI. Kapitel
Nachforschungen

„Lizzy, wer hatte angerufen, als der junge Herr von Professor Brummel verlangt wurde?“

„Ich glaube, der Herr Professor selbst, wenigstens nannte er seinen Namen.“

„Ist Ihnen also nichts weiter aufgefallen?“

„Doch, Herr Holgerman, jetzt fällt mir ein, daß er zuerst gesagt hat: ›Hier Professor Brummler!‹ Ich wußte nicht gleich, wer das sei und fragte: ›Wer, bitte?‹ worauf er den Namen wiederholte, aber jetzt, Professor Brummel, der Klassenlehrer von Bob Holgerman‹, sagte.“

„Ist Ihnen, Lizzy, oder Ihnen, Eduard, oder Ihnen, Kathi, heute Vormittag auf der Straße etwas aufgefallen?“

Eduard und die korpulente Köchin verneinten, aber wieder war es Lizzy, die etwas zu sagen hatte:

„Bitte schön, kurze Zeit, nachdem Herr Bobbie aus der Schule nach Hause gekommen und wieder fortgegangen war, putzte ich die Türklinken am Haustor. Und da sah ich an der Straßenecke, wo man in den Park geht, ein Automobil stehen. Na, das wäre mir ja nicht aufgefallen, weil es genug Automobile in der Gegend zu sehen gibt. Aber dieses Automobil war ein ganz geschlossenes, und da dachte ich: ›Na, wenn ich eine reiche Frau wäre, die ein Auto hat, dann würde ich an einem solch schönen Sommertag nicht im geschlossenen Wagen fahren!‹"

„Auch Bobbie hat ein geschlossenes Auto gesehen," meinte Herr Holgerman nachdenklich „Und wissen Sie, wie das Auto aussah, welche Farbe es hatte?"

Lizzy nickte. „Groß war es, das ist sicher, aber es kann ebensogut dunkelblau wie schwarz gewesen sein. Genau kann ich das vor Gericht nicht beschwören."

Damit war das Verhör beendigt. Bob hatte aufmerksam zugehört und kein Wort verloren. „Ganz wie in den Detektivromanen, die mir Fred geborgt hat," dachte er und blickte voll Bewunderung auf seinen Vater. Dieser ging aber, sorgenvoll den Kopf schüttelnd, mit seinem Jungen wieder hinüber zu den Frauen.

Frau Sehring lag weinend auf dem Ruhebett, Frau Holgerman saß neben ihr, ebenfalls verzagt und nur mühsam künstlich und gegen die innere Überzeugung zurechtgelegte Trostworte spendend.

Ernst begann Herr Holgerman: „Frau Sehring, Sie sollten sich nicht so Ihrem Schmerz hingeben! Sie und wir alle brauchen jetzt unsere Nerven, denn es versteht sich wohl ganz von selbst, daß ich und meine Frau, auch Bob, Ihnen zur Seite stehen werden, was immer auch geschehen sein mag."

Bei dem Wort „geschehen" fuhr die weinende Frau zusammen.

„Nun, nun, Sie brauchen nicht das Schlimmste zu denken. Ich glaube nicht, daß Gertie ein ernstlicher Unfall widerfahren ist. Vielleicht hat sie sich Bekannten angeschlossen, die sie zu Tisch geladen haben. Das ist sogar sehr wahrscheinlich; ich stelle mir das so vor, daß Gertie von dem betreffenden Hause uns anrufen wollte und keine Verbindung bekam."

Wehmütig' schüttelte Frau Sehring den Kopf. „Es ist sehr lieb von Ihnen, daß Sie mir Trost zusprechen und sich so bemühen! Aber glauben Sie mir, Gertie ist nicht freiwillig verschwunden! Ich kenne mein Kind; ich weiß, wie besorgt und gut sie immer zu mir ist, sie würde mit niemandem mitgegangen sein, ohne mich vorher zu fragen."

Bob konnte nicht umhin, beipflichtend zu nicken. Seine Gertie, die nur an ihrer Mutter und an ihm hing, sollte einfach fortgegangen sein, ohne ihn, auf den sie doch hatte warten wollen, zu verständigen? Ausgeschlossen! Plötzlich kam ihm aber ein Einfall.

„Vielleicht ist Gertie doch im Park! Vielleicht ist sie, weil sie nicht warten wollte, dorthin gegangen; es wurde ihr übel, und sie versteckte sich, um sich zu erholen, hinter einem Gebüsch, ist dort ohnmächtig geworden oder eingeschlafen. Ich laufe in den Park und suche sie."

Herr Holgerman war einverstanden. „Tue das, mein Junge, nimm den Parkwächter zur Hilfe, gib ihm Geld und versprich ihm noch mehr, wenn Gertie gefunden wird. Und dann verständigst du mich jedenfalls in der Fabrik telephonisch. Ist sie nicht gefunden worden und nicht von selbst zurückgekommen, so werde ich den Polizeipräsidenten, den ich seit Jahren gut kenne, aufsuchen und bitten, die Nachforschungen mit aller Energie zu betreiben."

Herr Holgerman fuhr nach der Fabrik, Frau Holgerman blieb bei der verzweifelten Mutter und Bob stürmte in den Park.

Zuerst suchte er planmäßig alle hinter den Wegen gelegenen Gebüsche und Wiesen ab – einmal und noch einmal. Vergebens! Nun begab er sich nach dem Spielplatz, der wieder von jungem Volk belebt war, und fragte ein paar kleine Mädchen, Schulkameradinnen Gerties, ob sie Gertie Sehring gesehen hätten. Natürlich war dies nicht der Fall gewesen. Also los zum Invaliden!

„Lieber Herr, kommen Sie ein wenig abseits, ich habe mit Ihnen Wichtiges zu sprechen."

„Mit mir hat der kleine Knirps Wichtiges zu sprechen, ha, ha, ha!" gröhlte der alte Mann, blickte aber dabei nicht ohne Wohlwollen auf den Jungen hinab, der ihm heute bleicher vorkam als je zuvor. Und dann stelzte er mit dem Knaben abseits nach einem stillen Seitenweg.

„Nun leg' mal los! Ball in ein Blumenbeet geworfen, was?"

„Ach, wenn es das nur wäre, lieber Herr Wächter, dann würde ich Sie gar nicht bemühen. Nein, es ist etwas sehr Arges. Nicht wahr, Sie kennen das blonde Mädchen, mit dem ich jeden Tag fast und auch heute hier gespielt habe?"

„Werd' ich wohl," schmunzelte der Mann in der fadenscheinigen Uniform. „Ist doch das schönste kleine Ding, das es hier im Park zu sehen gibt!"

„Nun, das ist meine Freundin, Gertie Sehring, und sie ist spurlos verschwunden."

Und in fliegender Hast, während ihm dicke Tränen über die Backen liefen, erzählte Bob, was sich ereignet hatte.

Der Invalide starrte dösig drein. „Verdammt, das ist eine saudumme Geschichte! Das blonde Ding schaut mir nicht wie eine Durchbrennerin aus, ist ja sanft und lieb wie ein Täubchen! Himmel und Teufel, wenn jemand dem Kind etwas Böses getan hat, so will ich ihm mit meinem Stelzbein die Gedärme eintreten!"

Bob drückte ihm nun einen größeren Schein in die Hand. „Das gleich für Ihre Mühe, und doppelt soviel, wenn wir Gertie finden. Vielleicht liegt sie irgendwo im Gras. Ich habe ja schon allein gesucht, aber möglicherweise nicht gründlich genug, und dann bin ich auch, müssen Sie wissen, vor Kummer und Aufregungen ein wenig verwirrt."

„So! Kummer und Aufregung? Verdammt, kann ich mir denken! Hätte auch ohne Geld gesucht, aber zurückgeben kann ich es nicht. Wär' eine Gemeinheit gegen meine Alte, die Geld brauchen kann wie eine Spinne die Fliegen."

Und sie suchten. Suchten die Wiesen ab, stiegen ins Gras, hinter jede Hecke, öffneten die Türe zu dem geheimnisvollen grauen Bretterhäuschen, in dem die Gärtner ihre Geräte verwahren. Nichts, keine Spur von dem kleinen Mädchen mit den großen, blauen Augen und den blonden Locken.

Noch ein Versuch. Im Park gab es einen Teich, in dem schöne Goldfische und ein einsamer, angeblich uralter Schwan ihr Leben fristeten. Vielleicht, daß in diesem Teiche – – aber nein, gerade heute war das Wasser hell und durchsichtig, so daß man bis auf den Grund sehen konnte. Nein, Gertie war nicht in den Teich gefallen.

VII. Kapitel

Bob hat eine böse Nacht

Es war inzwischen fast fünf Uhr geworden und Bob gab es auf. Er ging wieder zu Frau Sehring, bei der er seine Mutter noch antraf. Als sie an dem bleichen Gesichte des Knaben sahen, daß er ohne Ergebnis zurückkam, begannen beide zu weinen, und Frau Sehring bekam wieder eine Herzschwäche.

Bob konnte den Jammer nicht ertragen. Er zitterte am ganzen Körper und rief:

„Ich bin nur ein kleiner Junge, aber ich will nicht ruhen, bevor ich Gertie gefunden habe! Und ich weiß, daß der liebe Gott ihr kein Leid zufügen läßt!"

Diese Worte hatten eine gute Wirkung. Frau Sehring sank in die Knie und begann still und andächtig zu beten. Frau Holgerman aber ging leise, ihren Jungen an der Hand, fort in die Villa hinüber, um ihren Gatten zu verständigen.

Der Polizeipräsident hörte mit gefurchter Stirne den Bericht des ihm wohlbekannten und von ihm hochgeachteten Fabriksbesitzers an, während er sich hie und da eine Notiz machte. Wortlos drückte er einen Taster, worauf ein Polizist in Zivil eintrat.

„Bitten Sie Herrn Crispin, sofort zu mir zu kommen!“ Und erläuternd zu Herrn Holgerman: „Herr Crispin ist einer unserer tüchtigsten Beamten von der Kriminalpolizei und Spezialist auf dem Gebiete der Nachforschung nach verschwundenen Personen.“

Inspektor Crispin, ein untersetzter, breitschulteriger, glattrasierter Mann in mittleren Jahren, trat ein und hörte schweigend den Bericht seines Chefs an, der mit den Worten schloß:

„Herr Inspektor, ich übergebe Ihnen hiermit den Fall Gertie Sehring und bitte Sie, ihn als wichtigste Angelegenheit zu betrachten und nichts, aber auch gar nichts zu versäumen, was die Auffindung des Kindes, tot oder lebendig, ermöglichen kann. Es ist dies, wenn ich nicht irre, der dritte Fall seit kurzer Zeit; die Presse wird Lärm schlagen, und die Sache muß auf jeden Fall aufgeklärt werden. Können Sie mir über die vorhergegangenen Fälle, in denen Kinder verschwunden sind, gleich Bericht erstatten?“

„Jawohl, Herr Präsident, ich habe sie genau im Gedächtnis. Zwei Tage vor Neujahr verschwand spurlos die neunjährige Ruth Clemens, Tochter eines Lehrers. Sie war zuletzt in der Gartenanlage im Nordviertel gesehen worden. Ein auffallend hübsches Mädchen, brav, folgsam, kein Konflikt in der Schule oder im Elternhaus. Alle Nachforschungen sind ergebnislos geblieben. Der nächste, fast ganz gleiche Fall ereignete sich am 25. März im Westendpark. Von dort verschwand die elfjährige Marie Peters, die Tochter eines kleinen Kaufmannes. Auch hier lag nicht der geringste Grund zu einem freiwilligen Verschwinden vor. Auch sie war ein sehr hübsches Mädchen.“

„Wie war ihre Haarfarbe?“

„Ebenfalls blond.“

Der Polizeipräsident sah düster vor sich hin.

„Kein Zweifel! Eine Bestie in Menschengestalt, ein Unhold, der es auf hübsche, blonde Mädchen abgesehen hat. Dem Schurken muß das

Handwerk gelegt werden. Herr Crispin, die Sache ist ernst, sehr ernst, wir müssen das Äußerste tun!“

Inspektor Crispin nickte und wollte sich zurückziehen, aber Herr Holgerman hielt ihn zurück.

„Meine Herren, ich bitte Sie, keine Kosten zu scheuen, und ersuche Sie, eine hohe Belohnung öffentlich auszuschreiben, die derjenige bekommt, der das Kind so oder so – Herr Holgerman scheute sich, die Worte tot oder lebendig nachzusprechen – zur Stelle schafft. Ich bitte auch, durch Zusicherung von Prämien Ihre Unterbeamten anzuspornen, und erkläre, für sämtliche Kosten aufzukommen. Und nun hätte ich noch eine Frage, die ich, ohne in die erprobte Tüchtigkeit unserer Polizei die geringsten Zweifel zu setzen, doch stellen möchte. Wie wäre es, wenn wir einen erfahrenen, findigen Privatdetektiv zur Mithilfe heranzögen? Man hört doch oft, daß solche Leute Außerordentliches leisten.“

Während Herr Crispin nur leicht lächelte, lachte sein Chef laut auf.

„Verzeihen Sie, Herr Holgerman, aber es scheint, als wenn auch Sie hie und da einen Kriminalroman gelesen hätten! Ja, dann begreife ich Ihre Anregung. Also, ich kann Ihnen nur sagen, daß alles das, was unsere Herren Schriftsteller über sogenannte Privatdetektivs berichten, die, um Geld zu verdienen oder zum Vergnügen, Verbrechern nachjagen und geheimnisvolle Fälle aufdecken, der reinste Schwindel ist. Noch nie hat so ein Detektiv irgend etwas aufgedeckt, und er kann auch gar nichts aufdecken, weil ihm der Apparat der Behörden nicht zur Verfügung steht und er die großzügigen Hilfsmittel der Polizei nicht besitzt. Was Sie da von Fußspuren und vergessenen Kragenknöpfen, kunstvollen Verkleidungen und so weiter in den Büchern gelesen haben, ist phantastischer Humbug, sonst nichts. Jawohl, es gibt genug tüchtige Privatdetektivs, die ganz Gutes leisten, wenn es gilt, einem lockeren Ehemann oder einer verdächtigen Gattin nachzuschleichen oder sich nach dem Vorleben eines Buchhalters oder Bräutigams zu erkundigen. Kurz, überall dort, wo es sich um private Angelegenheiten handelt, um die sich die Polizei nicht kümmert und nicht kümmern darf, kann ein

Privatdetektiv Ersprießliches leisten. Aber in Fällen, wie diesem hier, würde er nur eine komische Figur spielen, weil ihm die Schar der Hilfskräfte, die Kenntnis der Akten, der Einblick in das Verbrecheralbum, die Verbindung mit den auswärtigen Behörden und vor allem das Recht zu irgendeiner Amtshandlung fehlen."

Herr Holgerman gab sich zufrieden und fuhr nach Hause, in der geheimen Hoffnung, daß sich das Einschreiten der Polizei doch noch als überflüssig erweisen würde. Aber zu Hause fand er nur niedergeschlagene Menschen, die miteinander im Flüstertone wie in einem Totenhause sprachen. Unerquicklich gestaltete sich auch das Abendessen, bei dem sonst Herr Holgerman, aller Geschäftssorgen ledig, gutgelaunt zu sein pflegte. Diesmal flog kaum hie und da ein abgerissenes Wort über den reichbedeckten Tisch. Bob hatte zum erstenmal in seinem jungen Leben Kopfschmerzen. Mühsam würgte er ein paar Bissen hinab, alles quälte ihn; der sorgenvolle Blick, den seine Mutter von Zeit zu Zeit auf ihn warf, die beschwichtigenden Äußerungen, die der Vater ersichtlich gegen seine Überzeugung tat, alles empfand der Knabe als Anreiz, laut hinaus zu weinen, und je krampfhafter er sich bemühte, die Tränen zurückzudrängen, um so stärker wurde der Schmerz in den Schläfen. Wie eine Erlösung empfand er es, als seine Mutter unmittelbar nach Tisch ihn an sich zog und ihm liebkosend sagte:

„Bobbie, du bist ganz blaß vor Müdigkeit und Sorge; am besten, du gehst gleich schlafen. Wer weiß, vielleicht ist morgen alles wieder gut."

Bob ging in sein im zweiten Stockwerk gelegenes, freundliches, ganz weißes Zimmer, blieb, das Ende eines Schnürschuhbandes in der Hand, gedankenvoll auf dem Bettrande sitzen und sprach in sich hinein:

„Ich habe jetzt am gedeckten Tisch gesessen und hätte essen können, was ich wollte. Und nun bin ich in meinem Zimmer und werde mich in ein weiches, weißes Bett legen, um morgen früh zu einem guten Frühstück aufzustehen. Gertie ist aber irgendwo tot oder krank, oder böse Menschen tun ihr etwas, schlagen und mißhandeln sie. Vielleicht liegt sie jetzt in einem Gefängnis auf dem harten Steinboden, hat nur Wasser und schimmliges Brot – und Mäuse, vor denen sich Gertie immer so fürchtet, huschen ihr über die Beine. Und vielleicht weint und schreit sie nach ihrer Mama und nach mir. Sicher tut sie das, denn Gertie ist ja eigentlich meine Braut, weil sie doch weiß, daß ich sie, wenn ich erst groß bin, unbedingt heiraten werde, und weil sie mich so lieb hat, wie ich sie."

Einer plötzlichen Eingebung folgend, sprang Bob auf. Er ging an das offene Fenster und sah in den Abend hinaus. Es war schon ganz dunkel draußen, aber der Himmel stand voller Sterne, es war herrlich warm und vom Park her dufteten die Tuberosen und Hyazinthen. Und Bob tat nun etwas, was er unter anderen Umständen als braver, kleiner Junge nie getan hätte. Schlich leise die Treppe hinab, nahm aus dem Garderoberaum unten in der Halle den Hausschlüssel und verließ ungesehen und verstohlen die Villa. Leer, durch wenige Laternen schlecht erhellt, lag der Park vor ihm. Aber Bob richtete sich stramm auf, um kein Angstgefühl aufkommen zu lassen, und ging hinein. Niemand war zu sehen. Nur auf den Bänken saßen fast immer zwei Leute, Mann und Frau, die sich umschlungen hielten, und Bob dachte:

„Sicher sind das arme Ehepaare, die häßliche kleine Wohnungen haben und sich nun hier erholen. Es ist sehr nett von den Leuten, daß sie sich gerne haben. Wenn ich groß bin, will ich mit Gertie auch so sitzen, aber nicht im Park, wo fremde Leute einen sehen, sondern zu Hause auf dem Sofa."

Auf und ab wandelte Bob durch alle die vielen sichkreuzenden Wege und Alleen; über den Spielplatz ging er und pfiff von Zeit zu Zeit die drei Töne vor sich hin, die für Gertie das Signal zu sein pflegten, mit dem er sie an das Fenster lockte.

Nichts, kein Echo, keine Antwort, keine Gertie! Bob begann das Unsinnige dieses nächtlichen Ausfluges einzusehen, ging wieder heim und gelangte abermals unbemerkt in sein Zimmer, wo er sich nun rasch entkleidete und todmüde ins Bett schlüpfte.

Eine schreckliche Nacht kam für den kleinen Jungen, so entsetzlich und schmerzvoll, wie er nie gedacht hatte, daß eine Nacht sein könnte. Wüste

Träume verfolgten seinen ersten Schlummer. Er sah Gertie vor sich, wie sie blutüberströmt vor ihm herlief. Er hinter ihr her, ein Messer schwingend. Endlich erreichte er sie, stieß ihr das Messer in den Rücken, worauf Gertie ihn groß ansah und lispelte: „Bobbie, daß du es bist, der mir so weh tut!“ Da schrie Bob in Verzweiflung gellend auf, so daß er von diesem Schrei erwachte. Und es dauerte Sekunden, bevor es ihm klar war, daß dies nur ein Traum gewesen. Schweißgebadet lag er in seinem Bett und erinnerte sich, daß er sein Nachtgebet zu sprechen vergessen hatte. Bob kroch aus dem Bette, kniete, was er sonst nie tat, nieder und rief schluchzend seinen Herrgott an, er möge nicht dulden, daß Gertie ein Leid geschehe. „Lieber Gott,“ sagte er, „allen Menschen will ich nunmehr Freude machen, bescheiden und gut will ich sein, nie jemanden kränken und ärgern, wenn du machst, daß Gertie wiederkommt.“

Plötzlich kam es ihm zum Bewußtsein, daß er auch gegen Gertie nicht immer ganz nett gewesen sei. Einmal hatte er sie angeschrien, weil sie an seinem Flaubertgewehr etwas in Unordnung gebracht hatte, sehr oft hatte er sie verspottet, wenn sie von der Gleichberechtigung der Frauen sprach und glühend behauptete, daß Mädchen ebenso klug seien wie Jungens. Und dann vor wenigen Tagen erst hatte er Gertie seine Mineraliensammlung gezeigt, in der sich ein schöner, großer Opal befand. Gertie hatte diesen lange in ihren Händen gehalten und dann seufzend gesagt: „Der ist schön, da ließe sich ein feiner Anhänger daraus machen.“ Wohl hatte es in ihm gezuckt und er wollte ihr den Stein schenken, aber der kleine Teufel, diesmal der Geizteufel, der, wie der Herr Pfarrer immer zu sagen pflegte, in jedem Menschen irgendwo sein Spiel treibe, verhinderte ihn und ruhig hatte er den Opal wieder in den Kasten getan.

„O Gertie,“ schluchzte nun Bob, „wie leid mir das tut! Die ganzen Tage über hat es mir schon leid getan, daß ich so häßlich und geizig war! Gertie, komm' nur zurück, dann bekommst du alles, was ich habe, und auch den Hund kaufe ich nicht für mich, sondern für dich!“

Bob konnte dann stundenlang nicht einschlafen.

Unaufhörlich kreisten seine Gedanken um die Ereignisse des heutigen Tages, der so schön begonnen und so grauenhaft geendet hatte. Er bemühte sich, ruhig und folgerichtig alles zu überdenken, und kam zu dieser Erwägung: Ein Unfall konnte Gertie nicht widerfahren sein, weil das Menschen gesehen und gemeldet hätten. Das Verschwinden Gerties mußte sich ja innerhalb einer Strecke von kaum mehr als einer viertel Meile abgespielt haben. Also war Gertie einfach geraubt worden. Aber wer raubt kleine Mädchen?

Hier stießen Bobs Gedanken an eine unüberbrückbare Mauer. Sein unschuldvolles Gemüt ahnte nichts von den verbrecherischen Instinkten verderbter Menschen, von den bestialischen Trieben kranker Wüstlinge. Aber er hatte Geschichten von Zigeunern gelesen, die Kinder entführen, um sie für ihre Wandertruppen abzurichten. Bobs Klugheit sträubte sich gegen solche Vermutungen. Gertie war schließlich kein Baby mehr, das sich willenlos wegschleppen ließ. Und dann hätte man ja solche Zigeuner in dieser stillen, ruhigen Gegend auch bemerken müssen. Dann erinnerte er sich daran, daß vor kurzer Zeit die Zeitungen berichtet hatten, wie die Tochter eines amerikanischen Bankiers von Männern geraubt worden war, die für ihre Freigabe ein riesiges Lösegeld erpreßten. Bob mußte lachen. Solche Leute würden vorher wohl genau die Vermögensverhältnisse der Eltern erforschen und nicht das Kind einer armen Offizierswitwe rauben, die ein Lösegeld gar nicht zahlen konnte. Nein, wären es Erpresser, Mitglieder einer Verbrecherbande gewesen, dann hätten sie wohl ihn, den einzigen Sohn des reichen Fabriksbesitzers, geraubt, aber nicht die arme, kleine Gertie.

Der Morgen dämmerte heran und die ersten Sonnenstrahlen fielen schräge auf die dunklen Locken Bobs, als er endlich eingeschlafen war. Diesmal verfolgte ihn aber im Traum das holde Bild Gerties, neben der ein furchtbar häßlicher Kerl mit Pockennarben im grinsenden Gesicht auftauchte.

VIII. Kapitel
Der Fall Gertie Sehring

Sämtliche Morgenblätter beschäftigten sich schon mit dem Fall Gertie Sehring. Die meisten begnügten sich allerdings mit der polizeilichen Darstellung, die kurz und bündig das Verschwinden des kleines Mädchens sowie eine genaue Personsbeschreibung enthielt und jedem, der zur Aufklärung der Sache beitragen würde, eine hohe Belohnung zusicherte. Nur die „Morgenpost" machte das Verschwinden Gertie Sehrings zu einer Sensationsangelegenheit. In einem sehr lebhaft geschriebenen Artikel wies sie auf die vorhergegangenen zwei fast gleichen Fälle hin und schrieb:

„Es ist also ganz klar, daß in unserer Mitte ein menschliches Ungeheuer sein Unwesen treibt, das systematisch darauf ausgeht, Kinder zu rauben. Da es sich aber immer wieder um auffällig hübsche Kinder weiblichen Geschlechtes handelt, so dürfte der Zweck solchen Menschenraubes klar sein. Um so furchtbarer muß jeder Mutter in dieser Stadt der Gedanke sein, daß auch ihr Kind ein ähnliches Schicksal finden könnte. Der Fall der kleinen Sehring ist geeignet, die größte Beunruhigung unter den Müttern wie unter den Kindern hervorzurufen. Nur unsere verehrliche Polizei scheint sich nicht zu beunruhigen. Sie hat die Räuber der seit Monaten verschwundenen Mädchen nicht entdeckt, sie wird auch das Scheusal nicht finden, das Gertie Sehring verschleppt hat. Wir lenken hiermit die Aufmerksamkeit des Ministers des Innern auf die ersichtliche Unfähigkeit unserer Sicherheitspolizei, Verbrechen zu verhüten und Verbrecher zu entdecken."

Ein zweiter Artikel behandelte den Fall Sehring vom Standpunkte des kriminalistischen Fachmannes. Alle möglichen Fälle gleicher Art, die sich hier und anderwärts zugetragen hatten, wurden darin aufgezählt und alle möglichen Motive zum Menschenraub erörtert. Der Verfasser kam zum gleichen Schlusse wie Bob.

„Hier kann es sich nicht um die Tat einer Erpresserbande handeln, da aus Frau Sehring, einer in dürftigen Verhältnissen lebenden Witwe, nichts herauszuholen ist. Nein, aller kriminalistischen Erfahrung nach ist das unglückliche Kind das Opfer eines Menschen geworden, dem der Besitz des Mädchens gewissermaßen Selbstzweck und nicht Mittel zum Zweck ist. Der Spielgefährte Gertie Sehrings, der dreizehnjährige Gymnasiast Bob Holgerman, Sohn des bekannten Fabriksbesitzers Holgerman, erzählt, wie die Polizei mitteilt, von einem geschlossenen Automobil, das er gesehen und gehört hat und das er mit gesundem Instinkt in Zusammenhang mit dem Verschwinden seiner kleinen Freundin bringt. Immerhin ein Fingerzeig für die Polizei. Allerdings muß noch eine Möglichkeit in Betracht gezogen werden, Immer wieder kommt es vor, daß Menschen in einen plötzlichen Traumzustand geraten, der sich in einen Wandertrieb umsetzt und sie veranlaßt, ohne Ziel und Zweck ihr Heim zu verlassen und ins Unbekannte zu pilgern. Gewöhnlich ist ein solcher Zustand, der jedem Pathologen wohlbekannt ist, mit dem zeitweisen oder dauernden Verlust des Gedächtnisses verbunden, so daß die Erkrankten ihren Namen, ihre Adresse, ihre ganze Vergangenheit nicht mehr kennen. Daß solche Unglückliche wochen-, monate-, ja jahrelang nicht zu finden sind, ist begreiflich. Sollte es sich so auch mit Gertie Sehring verhalten? Diese Möglichkeit ist auch ins Auge zu fassen, und es wird Sache der Polizei sein, zu ergründen, ob das Mädchen an Nervenstörungen schon gelitten hat oder sich in ihrer Familie Kranke dieser Art befunden haben. Gegen die Annahme, daß sich Gertie Sehring in einem gewissermaßen somnambulen Zustande entfernt hat, spricht indessen die Tatsache, daß solche Fälle bisher niemals unter Kindern, sondern ausschließlich unter Erwachsenen beobachtet wurden. Und auch das Verschwinden der neunjährigen Ruth Clemens und der elfjährigen Marie Peters beweisen fast zur Gewißheit, daß es sich hier nur um ein grauenhaftes Verbrechen handelt, um die Tat einer Bestie in Menschengestalt."

Bob Holgerman las zu Hause beim Frühstück die „Morgenpost", und eine ihm selbst unerklärliche Ruhe kam nach den Erschütterungen der vergangenen Nacht über ihn. Es gibt Physiologen, die behaupten, daß der Mensch nicht langsam und allmählich wachse und reife, sondern ruckartig, abschnittsweise. Wenn diese Theorie zutrifft, so machte an diesem Morgen nach dem Lesen der „Morgenpost“ das innerliche Wachstum Bobs einen gewaltigen Sprung nach vorwärts. Er sah einen Weg und ein Ziel vor sich und wußte nun ganz genau, daß Gertie nur von einem gerettet werden konnte, der sein ganzes Dasein dieser Aufgabe widmen würde, und nur er dieser eine sein könnte. Und als nun ein Abgesandter des Detektivinspektors Crispin, der Kriminalbeamte Lorensen, sich anmeldete, um neue Verhöre und Nachforschungen zu veranstalten, da sah der im Dienst ergraute Mann sich einem kleinen Knaben gegenüber, der mit verblüffender Sicherheit alle Fragen beantwortete und seinerseits mit der logischen Verstandesschärfe eines Mannes Fragen stellte. Und der Beamte lachte weder, noch wunderte er sich, als ihm Bob zum Schlusse sagte:

„Herr Lorensen, ich bin überzeugt davon, daß die Polizei alles tun wird, was ihr möglich ist. Aber auch ich werde das tun, was mir möglich erscheint.“

Bob begab sich, als der Detektiv gegangen war, zu Frau Sehring hinüber, bei der er seine Mutter traf. Frau Sehring war krank, sehr krank, sie hatte die ganze Nacht an Herzkrämpfen gelitten, und Frau Holgerman ließ kurz entschlossen eine Pflegerin kommen, die bei der verzweifelten Mutter zu wachen und alle häuslichen Arbeiten zu besorgen hatte.

Der Knabe war von dem Anblick der bleichen Frau, deren blutleere Lippen nervös zuckten, tief ergriffen. Er weinte aber nicht mit ihr, wie er es noch gestern getan hatte, sondern seine eiserne Ruhe verließ ihn nicht; er hielt sich auch nicht lange an dem Krankenbette auf, ging vielmehr bald wieder.

Im Park herrschte unter den Kindern, die ja alle Gertie wenigstens von Angesicht kannten, die größte Aufregung, ebenso unter den begleitenden Müttern oder Erzieherinnen und Bob wurde umringt und weidlich ausgefragt. Aber er entzog sich rasch allen Kundgebungen und suchte den Invaliden auf, der ihm voll ehrlichen Mitgefühles die schwielige Hand entgegenstreckte und ihn mit „junger Herr“ ansprach. Bob ging neben dem Alten schweigend einher, bis sie dem Kinderschwarm entronnen waren, dann sagte er ernst:

„Herr Wächter, ich werde nun selbst nach Gertie suchen. Und ich bitte Sie, helfen Sie mir dabei."

„Gott soll mich strafen, junger Herr, wenn ich es nicht gerne tun will; nur sagen Sie mir, was ich alter Mann dabei machen kann?"

„Nun, das ist gar nicht so wenig. Bitte, beobachten Sie scharf alle hübschen, kleinen Mädchen, mehr aber noch die Leute, die diese Mädchen beobachten. Sehen Sie, der Mann, der Gertie geraubt hat, muß sich doch vorher genau nach allem erkundigt haben. Sonst hätte er das mit dem Anruf des Professor Brummel nicht ausführen können. Also hat er Gertie sicher schon oft vorher gesehen und sie scharf beobachtet. Vielleicht, daß er es noch auf andere Mädchen abgesehen hat. Es muß uns also jeder verdächtig erscheinen, der kleine, hübsche Mädchen mustert und beobachtet."

„Junger Herr, das klingt sehr einleuchtend, und der Polizeimann, der in der Gegend die Runde macht, hätte es nicht besser sagen können. Wehe also dem Kerl, der meine Mädchen hier im Park mit Blicken oder Worten belästigt. Mit dem Krückstock hau' ich ihm, ohne viel zu reden, eins über den Schädel, daß er glaubt, eine Granate hätte ihn getroffen."

„Nein, lieber Herr Wächter, das dürfen Sie nicht tun, denn vielleicht treffen Sie einen Unschuldigen, oder aber, wenn es der Schuldige ist, verderben Sie damit alles. Nachgehen müssen Sie ihm, oder, da Sie das nicht können, ihm einen fixen Jungen nachschicken, dem Sie Geld dafür versprechen. Das zahlt dann schon mein Vater."

Bei dieser Verabredung blieb es vorläufig, denn eben wurde Bob vom Diener Eduard geholt. Ein Reporter von der „Morgenpost" war gekommen, der unbedingt den Spielgefährten Gerties sprechen wollte. Und so wurde denn Bob die Ehre zuteil, in aller Form „interviewt" zu werden, und zwar so gründlich und liebevoll, daß ihn jeder Tenorist darum beneidet hätte. Und schon die Abendausgabe des Blattes veröffentlichte die Unterredung mit Klein-Bobbie, wie er genannt wurde.

Dadurch erst erfuhr die Öffentlichkeit auch die Geschichte von dem fingierten Telephonanruf des Professor Brummel, die die Polizei nicht bekanntgegeben hatte. Und nun war das Interesse der ganzen Stadt für die Angelegenheit erweckt und trotz des heftigen Widerspruches Herrn Holgermans wurde Bob sogar für ein illustriertes Wochenblatt photographiert, um neben Gertie, deren Bild Frau Sehring hatte hergeben müssen, abgebildet zu werden.

Frau Holgerman hatte nach Tisch eine ernste Unterredung mit ihrem Gatten.

„Bob ist außer Rand und Band," sagte sie. „Das Verschwinden des armen Mädchens ist nicht nur ein unsagbares Unglück an sich, es kann auch für unseren Jungen noch zum Unglück werden. Stelle dir nur vor, Bob hat seiner Sparbüchse, in die er seit fünf Jahren sammelt, das Geld entnommen und mir kurz und bündig mitgeteilt, daß er von heute ab selbständig Nachforschungen nach Gertie anstellen werde. Ich wollte ihm diesen Unsinn ausreden, aber der Junge machte ein so starres, verzweifeltes Gesicht, daß ich ordentlich erschrak. Zum ersten Male hat er sich einfach gegen mich aufgelehnt und mir mit geballten Fäusten, am ganzen Körper zitternd, gesagt: ›Mama, wenn ihr mich nicht tun laßt, was ich tun muß, dann macht ihr mich so unglücklich, daß ich gar nicht mehr leben mag.‹ Nun, daraufhin mußte ich natürlich nachgeben und ihm sogar versprechen, auf dich einzuwirken, damit du ihm nichts in den Weg legst."

Herr Holgerman ging mit langen Schritten erregt auf und ab. „Was du mir da sagst, erschreckt mich, obwohl ich dem Jungen nachempfinden kann. Diese Zuneigung zu Gertie steckt tief in ihm, er leidet mehr als wir ahnen, und tatsächlich bleibt mir, wenn ich nicht Unheil hervorrufen will, nichts übrig, als ihn gewähren zu lassen, solange es eben geht. Ich verlasse mich auf seine Jugend. Ein paar Tag wird er voll Feuereifer irgendwelche eingebildete Spuren verfolgen, dann erlahmen und, wenn wir im August an die See fahren, nach und nach vergessen."

Frau Holgerman schüttelte den Kopf und ihre Augen wurden feucht. „Ich glaube nicht, daß dies so einfach sein wird. Ich fürchte sehr, daß es mit der fröhlichen Jugend für Bobbie vorbei ist! Aber um Himmels willen, denkst du denn ernstlich daran, daß Gertie nicht aufgefunden werden könnte? Das wäre furchtbar und würde unmittelbar den Tod ihrer Mutter zur Folge haben!"

Der Fabrikant zog die Schultern hoch. „Wenn man ruhig über den Fall nachdenkt, so kann man kaum noch Hoffnung haben. Das Mädchen ist jetzt seit vierundzwanzig oder mehr Stunden in der Gewalt eines Menschen. Entweder sie weilt nicht mehr unter den Lebenden oder – aber das ist nicht auszudenken! Vielleicht ist es besser, wenn sie tot ist, als wenn sie noch lebt! Denn das ist doch klar, zum Zeitvertrieb wurde sie nicht geraubt. Schreckliches muß dem armen Kinde widerfahren sein!"

Frau Holgerman begann still zu weinen. „Liebster, das ist alles so grauenhaft! Wollte Gott, du hättest nicht recht, und Bob würde erreichen, was der Polizei nicht zu gelingen scheint."

IX. Kapitel

Bob macht sich selbständig

Bob hatte unterdessen ein Autobus bestiegen und war nach einem im Mittelpunkt der Stadt gelegenen Garten gefahren. Er hatte überlegt und sich gesagt: „Der alte Wächter in unserem Park wird nun aufpassen und das kann nicht schaden. Viel Zweck mag es aber auch nicht haben. Denn es ist nicht anzunehmen, daß der Schurke, der Gertie gestohlen hat, wieder in diesen Park gehen wird. Nein, wenn er andere Kinder rauben will, so wird er sich anderwärts umsehen. Also muß ich alle Gärten der Stadt absuchen."

Im Stadtpark angelangt, schritt nun Bob bedächtig einher, sah jedem Menschen ins Gesicht und horchte hier- und dorthin. Auf dem Spielplatz blieb er stehen. Auch hier tollten Kinder umher, auch hier herrschte das lustige und aufgeregte Treiben, das immer dort entsteht, wo schulfreie Kinder zusammentreffen, um zu spielen, zu raufen oder auch nur herumzujagen. Bob wurde sehr nachdenklich. Da spielen nun Mädchen und Buben und wissen nicht oder haben es schon vergessen, daß wenige Meilen von ihnen entfernt ein anderes kleines Mädchen am hellen Tage geraubt wurde und jetzt wohl weint und jammert. Professor Brummel hat wohl recht, wenn er immer sagt, daß das Leben nicht heiter, sondern sehr ernst und oft auch sehr häßlich sei. Jäh wurde der Knabe aus seinen pessimistischen Gedanken gerissen. Der Ruf: „Gertie, Gertie, du kommst dran," ließ ihn zusammenfahren. Das Herz klopfte ihm bis zum Halse hinauf und er schoß dorthin, von wo der Ruf erklungen war. Aber das Mädchen, das im Kreise von anderen ihren Ball schleudern sollte, war wahrhaftig nicht seine Gertie. Ein plumpes, dickes Kind von etwa acht Jahren stand da, machte dumme Glotzaugen und warf seinen Ball so ungeschickt, daß er ins Gras flog. Halb belustigt, halb ärgerlich musterte Bob sie vom Kopf bis zu den Füßen. Wirklich ein grotesker Anblick. Das kleine Mädchen drohte im eigenen Fett zu ersticken, und Bob stellte ingrimmig fest, daß ihre Waden ungefähr den Umfang von der Taille seiner Gertie hätten. Er war aber nicht der einzige, der das kleine Ungeheuer anstaunte. Neben ihm stand plötzlich ein rothaariger Bursche mit frechem Gesicht, schmutzig und schäbig anzusehen, und mit abscheulichen Tätowierungen, die an den Handknöcheln begannen, um sich wahrscheinlich bis zum Oberarm fortzusetzen. Der Bursche schielte noch dazu, und sein breiter Mund, der jetzt grinste, ließ abscheuliche schwarze Zahnstummel sehen. Er bemerkte, wie ihn Bob musterte, und sagte hämisch und breit lachend:

„Das wäre ein so übler Bissen nicht, das Mädel da! Fett genug ist sie, wie ein Ferkel vor der Schlachtung."

Entsetzt hatte Bob die Worte gehört und ein Grauen beschlich ihn. Wie dieser Kerl von Menschen sprach! Wie roh und widerwärtig er lachte und grinste! Und plötzlich schoß ein furchtbarer Gedanke durch seinen Kopf: Wäre es möglich – Bob erinnerte sich, vor einiger Zeit einmal gesehen zu haben, daß irgendwo in einer Großstadt, in der der Hunger groß war, ein Kind vom Elternhaus fortgelockt und aller Wahrscheinlichkeit nach geschlachtet und gegessen worden war. Brechreiz und furchtbares

Angstgefühl stieg in dem Knaben auf. Noch stand der Kerl neben ihm und sagte: „Donnerwetter, so ein Fettkloß, nein, so was!“ Dann ging er pfeifend weiter, aber fast unbewußt folgte ihm Bob in einiger Entfernung.

Kreuz und quer schlenderte der Rothaarige durch die Stadt, Bob blieb hinter ihn. Nach einiger Zeit schien der Verfolgte zu fühlen, daß jemand ihm auf den Fersen sei, und sah sich um. Aber Bob war flink, er sprang rasch hinter einen vorbeifahrenden Milchwagen und wurde nicht gesehen. Nun nahm er mit größter Vorsicht die Verfolgung auf, immer bereit, in ein Haustor zu springen, falls der Rothaarige sich wieder umsehen sollte.

Nach etwa einer halben Gehstunde überquerte der Bursche wieder die Straße und nahm nun seinen Weg nach einem häßlichen, verwahrlosten Stadtviertel, von dessen Vorhandensein Bob bisher nichts geahnt hatte. Zerlumpte Kinder spielten auf offener Straße, aus den hohen Häusern drang ein entsetzlicher Geruch, überall hingen aus den Fenstern Wäschestücke, die angeblich, aber nicht ersichtlich gewaschen worden waren; die Frauen, die man hier sah, trugen keinen Hut, sondern Kopftücher, und Gestalten tauchten auf, noch häßlicher und schäbiger als der Rothaarige. Dieser verschwand nun in einem engen Haustor, das so finster war, daß es ihn förmlich verschluckte. Bob wartete atemlos einen Augenblick, dann folgte er. Im Haustor standen Burschen und Männer, die den feingekleideten, schönen Jungen neugierig musterten. Einer lachte derb und wollte Bob mit den Worten: „Na, kleiner Prinz, was machst du denn hier?“ bei den Haaren ziehen. Aber Bob sah ihn nur groß an und sagte: „Kümmert Sie nichts“, und folgte den verhallenden Schritten des Rothaarigen. Der war aber nicht die vom finsteren Hausflur rechts aufwärts führende Treppe hinaufgegangen, sondern an ihr vorbei nach einem kleinen Hof, in dem es entsetzlich stank. Bob war ein mutiger kleiner Junge, aber trotzdem pochte sein Herz doch schrecklich und er mußte fest und innig an Gertie denken, um nicht auf und davon zu laufen, sondern dem Burschen nachzuschleichen. Der hatte eine kleine Türe mit einer Glasfüllung, die in den Hof mündete, aufgerissen und war pfeifend in einen Raum getreten.

X. Kapitel

Bob blamiert sich

Der Hof war menschenleer, und die Leute draußen vor dem Hause waren gerade im Begriffe, mit einem Frauenzimmer ihre Spässe zu treiben, so daß sich niemand um den Jungen kümmerte. Bob hielt den Atem an und ging vorsichtig bis zu der Türe, hinter der der Bursche verschwunden war. Die Glasfüllung bestand wohl ursprünglich aus undurchsichtigem Milchglas, aber es war zerkratzt, so daß sich hier und dort ein Blick in das Innere werfen ließ. Ängstlich sah sich Bob um. Niemand war zu sehen, nur ein altes Mütterchen saß an einem der Hoffenster im zweiten Stock und gab sich irgendeiner Tätigkeit hin. Wieder hätte Bob gern kehrtgemacht; aber nein, er mußte wissen, was hinter jener Türe vorging. Er trat dicht an die Tür, stellte sich auf die Zehenspitzen und preßte das Auge an eine der zerkratzten Stellen. Drinnen war ein Licht angezündet worden, und was Bob nun sah, hätte ihm beinahe einen Schrei entlockt. Der rote Geselle stand über einen Koffer oder eine Kiste gebeugt und zog ein undefinierbares Etwas in die Höhe. War es ein Kleidungsstück oder ein Fetzen? Bob hätte es nicht sagen können. Er sah nur an diesem Ding einen rötlichen Schimmer, einen Schimmer von Blut.

Dem Knaben wurde schwindelig, kalter Schweiß trat auf seine Stirne, die Knie zitterten ihm und das Rückgrat steifte sich vor Angst und Schrecken. Und als noch dazu aus dem geheimnisvollen Raum ein leises Wimmern an das Ohr des Knaben drang, da war es um Mut und Selbstbeherrschung geschehen. Er drehte sich um, lief durch den Hof, rannte vor dem Haustor geradezu in die Gruppe von Männern und Frauen hinein und raste in tollen Sätzen die Straßen entlang, bis er in freundlichere Gegenden kam. Dort erst blieb er stehen, schöpfte tief Atem und überlegte. Rasch zur Polizei, das war sein erster, klarer Gedanke! Dort zu dem Inspektor Crispin, von dem Papa gesprochen hatte, oder zu dem Detektiv Lorensen, der bei ihm gewesen war, und ihnen alles erzählen!

Ja, aber wo war diese Polizei, wo konnte man Herrn Crispin, wo Herrn Lorensen treffen? Die Antwort fand sich sofort, da eben vor Bob ein riesiger Polizist auftauchte, der gähnend und gelangweilt seine Runde machte. Bob ging auf ihn zu, zog höflich die Mütze und fragte, wo wohl die Kriminalpolizei, bei der Herr Crispin sein Amt habe, wäre.

Der Riese sah gemütlich auf den schönen Knaben hinab, strich ihm mit seiner Pranke die vom Schweiß feuchten Locken, nannte ihm die Straße und die Autobuslinie, die ihn geradewegs zum Polizeipräsidium bringen würde, und bemerkte dann:

„Was suchen Sie dort, kleiner Herr? Hat Sie vielleicht ein Kamerad verbeult, den Sie deshalb einsperren lassen wollen?"

Bob zog die Lippen hoch, sah den Schutzmann zwar nicht von oben herab, dafür aber von unten herauf an und sagte, während er den Kopf zurückwarf: „Nein, Verehrtester, mich verbeult kein Junge, und wenn er es täte, so ließe ich ihn nicht einsperren, sondern würde ihn gründlich verdreschen!"

Verwundert sah der Blaurock dem Knaben nach: „Donner noch mal, ein verdammt fixer Junge das, und den Mund auf dem rechten Fleck."

Es war nicht so einfach, zu dem Inspektor der Kriminalpolizei dieser Millionenstadt zu kommen. Unten vor dem großen, weit ausgedehnten Gebäude stand ein Polizeimann, der Bob kurz angebunden den Weg zu der Abteilung 8 der Kriminalpolizei wies. Dort standen vor der Tür für den Verkehr mit dem Publikum wieder zwei Schutzleute, die den Knaben nach seinem Begehr fragten. Bob hatte aber keine Lust, hier schon mit seinem Geheimnis herauszurücken, sondern erklärte sehr einfach, er müsse den Inspektor, Herrn Crispin, selbst sprechen. Daraufhin durfte er eintreten und dachte nun vor dem großen Herrn zu stehen! Dem war aber nicht so, sondern er kam erst in ein Zimmer, in dem mindestens ein halbes Dutzend Beamte umhersaßen und rauchten, daß die Luft blau war. Bob erklärte abermals, Herrn Crispin persönlich sprechen zu wollen, worauf er endlich nach dem benachbarten Zimmer verwiesen wurde. Hier saß nur ein Herr, aber auch der war nicht der Inspektor, sondern sein Vertreter.

Artig verbeugte sich Bob und begann: „Herr Inspektor Crispin – –"

Der Beamte winkte ab. „Bin ich nicht, was wünschen Sie von ihm?"

„Ich muß ihn persönlich sprechen."

„Gibt es nicht, könnte jeder sagen. In welcher Angelegenheit?"

Bob warf seine dunklen Locken zurück und sagte, ohne sich einschüchtern zu lassen: „Ich habe Wichtiges wegen der verschwundenen Gertie Sehring auszusagen!"

Der Beamte erinnerte sich, daß der Inspektor außerordentlich an dieser peinlichen Angelegenheit interessiert war, erhob sich, verschwand hinter der mit dunkelgrünem Tuch ausgeschlagenen Doppeltüre und kam gleich wieder mit der einladenden Bemerkung:

„Treten Sie näher, junger Mann, aber fassen Sie sich kurz, der Herr Inspektor hat viel zu tun."

Der Inspektor schien aber gar nicht so viel zu tun zu haben, sondern er saß breitspurig in einem sehr bequemen Lederstuhl, hielt eine eben erschienene Nummer der „Abendpost" vor sich und las ersichtlich geärgert einen Artikel, der sich wieder mit dem Verschwinden Gerties beschäftigte. Und Bob konnte rasch die rot angestrichenen Zeilen mitlesen:

„Die Unfähigkeit unserer Polizei übersteigt alle Grenzen und wird noch dazu führen, daß Menschenraub am hellichten Tage zu den gewöhnlichsten Dingen gehört."

Nun aber wandte sich Herr Crispin dem Knaben zu, musterte ihn mit einem scharfen Blick, streckte ihm, von der Anmut des Kindes bewegt, die Hand entgegen und sagte freundlich: Sie sind unzweifelhaft Bob Holgerman, der Sohn des Fabriksbesitzers, der über das Verschwinden seiner armen kleinen Freundin so kluge und klare Auskunft gegeben hat."

„Jawohl, der bin ich," erwiderte tief errötend Bob, „und nun will ich Ihnen erzählen, was ich erlebt habe."

Zuerst ein wenig befangen, dann immer freier, erzählte Bob, wie er den Entschluß gefaßt habe, auf eigene Faust nach Gertie zu forschen, dabei in den Stadtpark gekommen sei und dort den rothaarigen Kerl gesehen und dessen entsetzliche Äußerung über das dicke Mädchen gehört hätte, ihn verfolgt und sein geheimnisvolles Treiben in dem Hofraum beobachtet habe.

Schweigend, aber ersichtlich sehr interessiert hatte Herr Crispin zugehört, drückte nun auf den Taster und gab dem eintretenden Beamten den Auftrag, Wachtmeister Lorensen zur Stelle zu schaffen. Dann zu Bob:

„Mein lieber Junge, Sie sind ein tüchtiger kleiner Kerl, allen Respekt vor Ihrer Energie, aber ich glaube, Sie sind auf dem Holzweg. Meinen Sie wirklich, daß ein Menschenfresser und Kindermörder in einem öffentlichen Garten solche Bemerkungen machen wird? Es sei denn, wir hätten es mit einem Irrsinnigen zu tun, was ja immerhin möglich wäre. Und dann glaube ich an diese Menschenfresserei nicht. Teuer ist es ja bei uns, aber so groß ist die Not nicht, daß man zu Menschenfleisch greifen müßte. Da kommen doch zuerst die Hunde und die Katzen an die Reihe, an denen es bei uns wahrhaftig nicht fehlt. Aber immerhin – natürlich wird der Sache sofort nachgegangen."

Der Detektiv, oder wie es eigentlich heißt, der Kriminalwachtmeister, Herr Lorensen, trat ein, begrüßte den Knaben und wurde von seinem Vorgesetzten kurz und knapp über das unterrichtet, was Bob erzählt hatte.

„Die Sache ist nun in guten Händen, junger Holgerman, Sie geben Herrn Lorensen die genaue Adresse des verdächtigen Hauses, und er wird sich mit zwei Beamten sofort dorthin begeben."

Purpurröte überzog das Gesicht Bobs. Es fiel ihm jetzt erst ein, daß er weder den Namen der Straße noch die Hausnummer wußte. Wie bin ich dumm, dachte er erschreckt, es ist doch nicht so einfach, auf alles aufzupassen. Er faßte sich aber, sah den Chef mit flehenden Augen an und bat:

„Ich bitte sehr, darf ich mitgehen? Es ist vielleicht ganz gut so, denn wer weiß, am Ende hat der Rote jetzt eine Verkleidung, in der man ihn nicht so leicht erkennt."

Belustigt warf Herr Crispin seinem Beamten einen Blick zu. „Meinethalben gehen Sie mit, mein Junge, aber eines will ich Ihnen sagen: Masken und Verkleidungen kommen gewöhnlich nur in Romanen vor. In Wirklichkeit macht sich der, der einen falschen Bart oder dergleichen trägt, auf den ersten Blick verdächtig und würde wahrscheinlich schon auf der Straße, auch wenn er gar nichts angestellt hat, nur wegen des falschen Bartes verhaftet werden."

Unten gestand Bob Herrn Lorensen, mit dem er vor den zwei anderen Beamten, die mitgingen, vorausschritt, daß er den Namen der Straße nicht beachtet habe, aber den Weg sicher finden werde. Und richtig waren sie nach kurzer Fahrt mit dem Autobus dorthin gekommen, wo eine Stunde vorher Bob ausgestiegen war. Und nach weiteren zehn Minuten standen sie vor dem häßlichen Hause mit dem finsteren Eingang. Nur daß jetzt niemand unten auf der Straße herumlungerte. Lorensen gab den zwei Polizisten den Auftrag, zurückzubleiben und ihm auf einen Pfiff mit der Polizeipfeife hin zu Hilfe zu eilen. Er ging dann mit Bob durch den engen Korridor über den halbdunklen Hof, in dem es noch immer nicht besser roch. Bob wies auf die Türe mit der Glasfüllung.

„Hier war es."

Ohne zu zögern, drückte Lorensen auf die verrostete Klinke, und sofort flog die Türe kreischend auf. Ein rasselndes Schnarchen begrüßte sie. Auf einer Matratze lag der Rothaarige und schlief den Schlaf des Gerechten, der etliche Schnäpse zu sich genommen hat. Er erwachte erst, als der Beamte, an den sich Bob nun doch dicht herangemacht hatte, den fast stockfinsteren Raum mit seiner Taschenlampe erhellte. Mit einem wüsten Aufschrei richtete er sich zuerst halb auf, um dann auf die Füße zu springen.

„Wer ist da, was gibt es?"

„Nichts," erwiderte Lorensen ruhig, „ich bin nur von der Polizei geschickt, um zu sehen, was Sie da treiben." Dabei hielt er dem Schlaftrunkenen seine Blechmarke unter die Nase.

„Das geht die Polizei nichts an," knurrte der, „ich bin ein redlicher Mensch, der sich sein Brot auf ehrliche Weise verdient."

Lorensen ließ sich aber nicht irremachen. Er entzündete eine halb zerbrochene Petroleumlampe, die auf einem drei viertel zerbrochenen Stuhle stand, und widmete sich sofort dem Inhalt der Kiste, auf die Bob hinwies. Der Beamte beugte sich über die Kiste und zog etwas Haariges, Feuchtes heraus. Mit einer Gebärde des Ekels schleuderte er das Zeug wieder in die Kiste zurück. Was er da ergriffen hatte und was noch in einigen Dutzend Stück in der Kiste lag, war nichts anderes als ein noch blutiges Kaninchenfell. In diesem Augenblick ertönte auch das Quietschen wieder, das Bob vorhin so erschreckt hatte. Ein Blick in die andere Ecke des Raumes erklärte auch diesen Laut. Dort befand sich ein Kaninchenstall, und es war eine hungrige Kaninchenmutter im trauten Kreise ihrer Jungen, die entweder ihrem Unwillen oder ihrem Appetit dadurch Ausdruck gab, daß sie einen quietschenden Laut von sich gab. Im allgemeinen pflegen sich Kaninchen nicht laut zu unterhalten, aber in solch trostloser Umgebung, dicht neben den Fellen ihrer getöteten Rassegenossen, darf man ihnen eine kleine Ausschreitung nicht übelnehmen. Und nun fand alles rasch seine Erklärung. Der rothaarige Bursche, seines Zeichens ein stellenloser Tischler, züchtete Kaninchen in seiner Stube, schlachtete sie höchst eigenhändig, verkaufte das Fleisch als Hasenbraten und trocknete in der Kiste die Felle, um schließlich auch die an einen Hutmacher für ein geringes zu veräußern. Eine in der Nachbarschaft eingezogene Erkundigung bestätigte diese Aussagen, und mit einer leichthin vorgebrachten Entschuldigung trollten sich Detektive von Beruf und Detektive aus Verzweiflung von dannen. Der Rothaarige aber schüttelte sein rotes Haupt hinter ihnen und seufzte: „Ich möchte nur wissen, wo ich den hübschen Bengel schon einmal gesehen habe."

Ernüchtert, todmüde, unendlich niedergedrückt und beschämt kam Bob nach Hause und konnte sich gerade noch die Hände waschen, als auch schon Herr Holgerman nach Hause kam und das Abendessen aufgetragen wurde. Bob zog es jedoch vor, den Eltern nichts von den Erlebnissen des heutigen Tages zu erzählen.

XI. Kapitel

Bob findet eine Spur

Gertie war nun schon seit fünf vollen Tagen verschwunden. Und die Zeitungen beschäftigten sich nicht mehr mit der Angelegenheit. Andere Verbrechen hatten sich ereignet, eine Regierungskrise war überwunden worden, ein Dampfer gestrandet, über den Brand eines Wohnhauses hatten die Reporter aufregende Einzelheiten zu berichten, und so war man über das Schicksal eines kleinen Mädchens zur Tagesordnung übergegangen. Die Mutter aber siechte langsam dahin, sie konnte ihr Lager kaum noch verlassen, und die Pflegerin, die Frau Holgerman aufgenommen hatte, saß stundenlang an dem Bette einer Frau, die willens schien, an gebrochenem Herzen zu sterben. Nur wenn Bob zu ihr kam, was täglich zweimal der Fall war, richtete sie sich auf, sah den Knaben groß und fragend an und lächelte schmerzlich, wenn er ihre Hand streichelte, um dann wieder in Teilnahmslosigkeit zu versinken. Bob wanderte die Vor- und Nachmittage ruhelos durch die Straßen und Gärten der Großstadt, entdeckte grüne Flächen an der äußersten Peripherie, von deren Vorhandensein er kaum eine Ahnung gehabt hatte, wurde blaß und schmal, und in seinen großen dunklen Augen spiegelte sich die Verzweiflung seines Kinderherzens.

Herr und Frau Holgerman sahen sehr gut, was in ihm vorging, sie wußten auch, wie er seine freie Zeit verbrachte, und immer wieder hatte der Vater die Absicht, dem Halt zu gebieten und Bob auf das Unsinnige dieser Jagd durch das Nichts aufmerksam zu machen. Sobald er aber davon zu sprechen anfing, blickte ihn Bob aus weit aufgerissenen Augen so erschreckt und unglücklich an, daß er nicht den Mut fand, das Gespräch fortzusetzen. Insgeheim besprach das Ehepaar die Pläne zu einer Reise nach Norwegen, denn sie waren darüber einig, daß allein eine völlige Änderung der Umgebung imstande wäre, den Knaben auf andere Gedanken zu bringen und ihn das Furchtbare vergessen zu lassen. In der Nacht schlich sich Frau Holgerman oft in das Zimmer Bobs, lauschte voll Schmerz und Angst seinen unruhigen Atemzügen und legte ihm die milde Mutterhand auf die heiße Stirne, wenn er abgerissene Worte ausrief, im

Schlafe wimmerte oder plötzlich laut und entsetzt „Gertie“ rief. Bob besuchte heute wieder den Parkwächter, der ebenfalls nichts mehr in seinem alten Schädel zu haben schien als Gedanken an das aus seinem Reiche verschwundene Kind. Mit dem Knaben verband ihn eine drollige Freundschaft, wobei Bob entschieden die überlegene Rolle spielte. Kaum wurde er des Jungen ansichtig, als er auch schon das jeweilige Morgenblatt aus der Tasche zog und sich bei Bob genau nach verschiedenen Dingen, die er nicht begriff, erkundigte. Er ließ sich von ihm die Politik und die Fremdwörter erklären; Bob mußte ihm in einem längeren Vortrage auseinandersetzen, wie es möglich sei, daß auf der anderen Seite der Erdkugel furchtbare Schneestürme herrschten, während es hier fast unerträglich heiß war, und als er einmal las, daß das Schiff einer Südpolarexpedition im Eise steckengeblieben sei, zeigte er dem Knaben grinsend diese Stelle und sagte:

„Sehen Sie, was da die Zeitungsschreiber wieder für Blech geschrieben haben. Eis am Südpol. Ebenso hätten sie schreiben können, daß einer am Nordpol den Hitzschlag bekommen habe.“

Bob hatte furchtbare Mühe, dem alten Manne die Verachtung vor den Zeitungsschreibern wenigstens in diesem Falle auszureden, und selbst als er ihn an der Hand seiner Schulbücher belehrte, blieb in dem Invaliden noch ein Rest von Mißtrauen zurück. Von Gertie sprachen sie wenig. Taten sie es, so ereignete es sich immer wieder, daß Bob sein schneeweißes, der Invalide aber sein blau-rotgewürfeltes Schnupftuch zog und jeder sich ein Staubkorn aus den Augen wischen mußte.

XII. Kapitel
Ein neuer Verdacht

Am fünften Tage nach dem Verschwinden Gerties blieb Bob wieder ein Stündchen mit dem Invaliden zusammen. Dann schlenderte er nach dem Volksgarten, der sich weit westlich erstreckte. Kaum hatte er den Garten betreten, als eine merkwürdige Szene seine Aufmerksamkeit fesselte. Auf einem der gelben Gartenstühle saß ein seltsam anzusehendes

Frauenzimmer, das entschieden teils an eine lebendig gewordene Vogelscheuche, teils an eine Karikatur aus dem vorigen Jahrhundert erinnerte. Lang und dürr wie eine Stange war die Frau, das weiße Haar unter dem veralteten Kapotthütchen stand in einem seltsamen Gegensatz zu den knallrot geschminkten Backen, aus dem breiten Mund guckte ein großer, wackeliger Zahn neugierig und aufdringlich hervor, und fast auf der Spitze der Hakennase wackelte eine Hornbrille. Gekleidet war die alte Dame in ein schwarzes Seidenkleid mit dunkelblauen Spitzen, wie es vielleicht die Großmütter in der Provinz seinerzeit getragen haben mochten. In respektvoller Entfernung standen einige kleine Mädchen, denen die Frau mit spindeldürren Fingern aus ihrem Perlenbeutel Zuckerplätzchen hinhielt. Die Kinder überlegten, packten schließlich die Süßigkeit und liefen dann kreischend davon, worauf die Spenderin, die man viel eher für eine alte böse Hexe als für eine gütige Fee hätte halten können, befriedigt vor sich hinkicherte.

Bob erkannte die Frau sofort wieder. Vor Monaten war sie täglich Besucherin seines Parkes gewesen und hatte so wie jetzt immer die Kinder durch Süßigkeiten an sich gelockt. Besonders auf Gertie schien sie es abgesehen zu haben, immer schon von weitem hielt sie ihr die schönsten Schokoladenstückchen entgegen. Gertie hatte solche Gaben immer nur widerstrebend angenommen, um, wie sie sagte, die alte Frau, gegen die die meisten Kinder recht häßlich waren, nicht zu beleidigen. Als aber einmal die Vogelscheuche sie in ihre knochigen Arme zog, um sie zu küssen, da war Gertie doch mit einem Schrei des Entsetzens davongelaufen. Die Kinder wurden gegen die Alte; trotz der täglichen Süßigkeiten, immer grausamer, und als sie einmal im Chor ein selbstverfertigtes Lied mit dem Kehrreim: „Schmecks, schmecks, alte Hex" sangen, da war die Vogelscheuche aufgesprungen, hatte mit ihrem Stocke gedroht und war niemals wiedergekommen.

Nun aber saß sie hier im Volksgarten, gab sich wieder mit den undankbaren Kindern ab, und Bob war außer sich darüber, daß sich seine Gedanken nicht von allem Anfang an mit dieser häßlichen Person beschäftigt hatten. Ohne selbst von ihr gesehen zu werden, behielt sie Bob ununterbrochen im Auge und wartete mit Geduld fast zwei Stunden lang, bis sie sich erhob und den Park verließ. In einer Entfernung von fünfzig Schritten ging Bob unauffällig hinter ihr her, was gar nicht so leicht war, da die Alte wie eine Schnecke an ihrem Stocke kroch und Bobs junge Beine immer gegen seine Absicht ein flottes Tempo einschlagen wollten. Schließlich kamen sie in eine stille, ruhige, altväterische Straße und die Frau verschwand in einem kleinen, an ein Vogelhaus erinnernden Häuschen, das höchstens vier Wohnräume enthalten mochte. Der schmale Vorgarten war von der Straße durch einen hölzernen Zaun getrennt, den Bob, nachdem er einige Minuten hatte verstreichen lassen, mühelos überkletterte. Geduckt, damit ihn niemand von der Straße aus sehen konnte, schlich er hinter das Haus bis zu einer Treppe, die wohl in die Küchenräume führte, preßte sich an sie und lauschte angestrengt dem kreischenden, weinenden Stimmengewirr, das von innen an sein Ohr drang. Deutlich hörte er die Stimme der Alten, die jemandem begütigend zusprach: „Komm' doch, sei brav, komm', ich geb' dir Zuckerln!“, und die jämmerliche Antwort: „Mag nicht, mag nicht! Alte Hex! Oh, oh, nicht hauen! Hilfe, Hilfe!“

Bob wirbelte es im Kopf, alles drehte sich um ihn herum. Was hatte das zu bedeuten? Wer schrie so jämmerlich? War da nicht ein Kind drinnen? Allerdings, es klang nicht wie die Stimme eines Mädchens, sondern wie die eines Knaben. Aber gleichgültig – ein Kind schrie nach Hilfe, hatte Angst vor Schlägen, rief nach der Polizei!

Fiebernd vor Aufregung schlich Bob wieder aus dem Garten auf die Straße. Vielleicht ließ sich etwas in der Nachbarschaft erfahren. Bob überlegte angestrengt und hatte bald einen Plan gefaßt. Eben verließ ein junges Dienstmädchen das Haus gegenüber. Rasch trat Bob näher, schwenkte artig seine Mütze und fragte:

„Bitte, Fräulein, ich habe da in dieser Straße einer alten Dame von meinem Vater eine Botschaft zu überbringen, habe aber die Hausnummer und den Namen der Dame vergessen.“

„Junger Herr," kam die lachende Antwort, „in dieser Gegend wohnen fast nur alte Leute. Junge Menschen halten es in diesem Viertel nicht lange aus, weil es ihnen zu langweilig ist."

„Nun, diese alte Dame, die ich meine, ist eine ganz besondere. Sie geht an einem Stock, trägt eine Hornbrille und sieht sehr komisch aus."

„Ach ja, jetzt weiß ich schon! Das ist die Frau Krikl, gerade gegenüber von diesem Hause da. Alte, verrückte Schraube das."

„Wenn es nur sicher die ist, die ich aufsuchen soll. Wohnt sie allein, sind keine Kinder im Hause?"

„Wird schon die sein, junger Herr! Kinder sind keine zu Hause, aber eine alte Kindernärrin ist sie, die immer Kinder von der Straße mit sich nach Hause schleppt. Je schmutziger und zerfetzter, desto besser. Na, jedes Tierchen hat sein Pläsierchen. Ich bin froh, wenn ich mit Kindern nichts zu tun habe. Das heißt, mit kleinen Kindern. So große, nette, junge Herrchen, wie Sie einer sind, das ist schon was anderes. Also gehen Sie nur zur Frau Sibylle Krikl. Aber Sie müssen ihr gleich entgegenschreien, was Sie wollen, sonst läßt sie Sie gar nicht hinein. Die alte Hexe ist mißtrauisch, wenigstens gegen erwachsene Leute. Bei Ihnen wird es wohl etwas anders sein."

Bob dankte dem geschwätzigen Mädchen, sagte, er werde doch lieber zu Hause nochmals den Namen erfragen, und eilte davon.

Im Kopf ordnete er sein Material. Ein altes, abscheulich aussehendes Weib, das immer Kinder an sich lockt und es besonders auf Gertie abgesehen hatte, schleppt Kinder zu sich in das Haus, läßt Erwachsene nicht hinein, lebt ganz allein. Ich selbst habe gehört, wie drinnen ein Kind nach Hilfe und nach der Polizei geschrien hat. Kann sein, daß ich vor dem großen Geheimnis stehe.

Diesmal befand sich Bob, der nun alle Formalitäten kannte, sehr bald vor dem Inspektor der Kriminalpolizei, der wieder schweigend, mit dem Bleistift spielend, seinen Bericht anhörte. Achselzuckend sagte er dann:

„Lieber Bob Holgermann, ich fürchte, wir werden auf diese Art noch einmal in Teufels Küche kommen! Kann sein, daß wir da einer ganz harmlosen Alten auf den Leib rücken, die dann einen Mordslärm schlägt und in alle Ministerien rennt, um sich Genugtuung zu holen. Allerdings, verdächtig ist sie ja, obwohl ich mir nicht recht vorstellen kann, wozu sie so kleine Mädchen rauben sollte. Für eine berufsmäßige Menschenhändlerin ist Ihre kleine Gertie denn doch noch zu jung!"

Bob verstand nicht recht, wozu es überhaupt berufsmäßige Menschenhändlerinnen geben sollte, und auch nicht, warum ihnen, wenn es schon solche gab, Gertie zu jung wäre. Aber er unterdrückte eine dahinzielende Frage und begnügte sich, etwas verlegen und zögernd zu erwidern:

„Nun, vielleicht braucht sie hübsche, kleine Mädchen, um sie an einen Zirkus zu verkaufen."

Herr Crispin lachte kurz auf.

„Nee, mein Junge, schlagen Sie sich solch romantisches Zeug aus dem Kopf, wenn Sie durchaus den Detektiv spielen wollen! Zirkusbesitzer, die Kinder kaufen, gibt es nur in Märchenbüchern. Diese fahrenden Truppen, an die Sie wohl denken, können alles mögliche brauchen, nur eines nicht: Kinder nämlich! Weil sie die in eigener Regie dutzendweise haben. Eher kommt es schon vor, daß sie kleine Babies, mit denen sie nichts anzufangen wissen, irgendwo aussetzen, um sie los zu werden."

Inzwischen war Herr Lorensen eingetreten, und nachdem ihm sein Vorgesetzter kurz und ein wenig ironisch die Sache auseinandergesetzt hatte, gingen Lorensen und Bob, diesmal ohne Begleitung anderer Beamter, davon, um dem Geheimnis der alten, komischen Frau näherzukommen.

Gerade als sie vor dem Hause anlangten, betraten es vor ihnen zwei Kinder, ein Knabe und ein Mädchen, beide reichlich zerlumpt, barfuß, mager und schmutzig. Lorensen sah Bob bedeutungsvoll an und meinte:

„Na, Ihre Frau Krikl scheint ja wirklich eine Kinderplantage zu haben. Nun warten wir erst zehn Minuten, damit die Sache drinnen in voller Entwicklung ist, bevor wir hereinplatzen.“

Unauffällig schritten sie auf und ab, dann öffneten sie die nicht versperrte Gartentür, ebenso die nur angelehnte Haustüre und schritten geradeaus auf eine Zimmertür zu, hinter der ein lebhaftes Stimmengewirr und ein Kreischen, das ganz gut von einem gequälten Kinde herrühren konnte, ertönte. Der Detektiv klopfte scharf an und riß, ohne eine Aufforderung abzuwarten, die Türe auf. Ein bewegtes Bild bot sich ihren erwartungsvollen Augen. In einem mächtigen Vogelkäfig aus Messing schlug ein grauer Amazonenpapagei wie rasend um die Sitzstange herum Purzelbäume, wobei er ununterbrochen, als er die beiden Eintretenden sah, mit gellender Stimme schrie: „Nur herein, Bande, Hilfe! Hilfe! Polizei!“ und dann ganz jämmerlich: „Alte Hexe, wart' nur!“

Auf einem Tische saß aber mit herabbaumelten nackten Beinen der Junge und versuchte eben, ein Paar schwarze Strümpfe überzuziehen, während die alte Hexe das kleine Mädchen, das ebensolche Strümpfe schon anhatte, auf dem Schoße hielt und ihm hübsche neue Schnürschuhe anprobierte. Alle vier, die Alte, die Kinder und der Papagei, starrten den Mann mit dem Knaben an, die Kleine glitt vom Schoße herunter, und Frau Sibylle Krikl fragte, während sie sich erhob, scharf und empört:

„Was wünschen Sie hier?“

Bob sah verdutzt und verlegen um sich. Lorensen aber, der die Sachlage rasch erfaßte, meinte in gemütlichem Tone:

„Entschuldigen Sie, Frau Krikl, daß wir Sie so ohne Anmeldung überfallen, aber ich hätte einige Fragen zu stellen: Vielleicht, daß Sie die Kinder zuerst abfertigen. Hübsche Kinder übrigens, wohl Neffe und Nichte, was?“

Die Alte schnappte nach Luft, daß ihr ein Zahn ordentlich auf und nieder wackelte, dann erwiderte sie gereizt: „Wenn die Kinder mir gehörten, so wurden sie nicht so aussehen, mein Herr, sondern wären genau so gut angezogen und sauber, wie der Junge, der hinter Ihnen steht. Nein, es sind arme Kinder, die ich herbestellt habe, weil ich es nicht leiden mag, daß Kinder barfuß einherlaufen. Ritsch, ratsch, und sie treten in Glasscherben und haben ihren Schaden fürs ganze Leben weg."

Während sich Lorensen dachte, daß das nicht gerade nach Kinderraub aussehe, und Bob dumpf einen neuen Irrtum witterte, waren die Kinder beschuht und bestrumpft und wurden nebst einem großen Stück Kuchen entlassen.

„Und nun, was wünschen Sie, mein Herr?" Frau Krikl setzte sich dabei ordentlich in Verteidigungsstellung, und der Papagei schrie gellend: „Halt's Maul!", worauf er ein Tuch über den Käfig erhielt, was ihn zu sofortigem Schweigen brachte.

Lorensen räusperte sich verlegen, sagte sich, daß er einer komischeren Sachlage noch selten gegenübergestanden hatte, und legte dann los:

„Wissen Sie, Frau Krikl, ich bin von der Polizei –" und als die alte Dame entsetzt aufsprang, „nun, das hat weiter nichts zu bedeuten, kein Grund zur Aufregung, Madame. Die Sache ist nur die, daß wir nach einem kleinen Mädchen forschen, das vor fünf Tagen spurlos aus einem Park verschwunden ist, in dem auch Sie oft gesehen wurden. Na, und der kleine Herr da sagte, daß Sie öfters dem Mädchen, das Gertie Sehring heißt, Süßigkeiten geschenkt haben, und wir erfuhren, daß Sie sich für Kinder überhaupt interessieren, so bin ich eben hergekommen, um nachzufragen, ob Sie nichts über die Verschwundene wissen."

Frau Krikl sah den Beamten und dann den Knaben an, wackelte mit dem weißen Kopf und schrie aufgeregt:

„Oh, dann ist also das arme Mädchen, von dem die Zeitungen so viel geschrieben haben, jenes Kind, das mit dem Jungen da immer im Park spielte? Oh, welches Unglück! Oh, die arme Mutter!"

Aber plötzlich stieg ihr ein Gedanke auf, sie sah mit allen Zeichen des Entsetzens auf Bob und sagte leise und klagend:

„Ich verstehe jetzt. Der Knabe hat Sie hergebracht, weil er glaubte, daß ich alte Hexe dem schönen, lieben Mädchen etwas Böses angetan hätte! Ich, die ich Kindern mein Herzblut geben möchte, weil ich selbst so ein kleines Liebes verloren habe."

Und die alte Hexe fiel förmlich in sich zusammen, und ein Schluchzen erschütterte den allen, dürren Körper.

Lorensen kratzte sich den Kopf und murmelte: „Entschuldigen Sie, Madame, wir wollten Sie nicht kränken, aber Pflicht ist Pflicht," und dann zu Bob: „Kommen Sie, junger Herr, wir haben uns beide wieder einmal gründlich blamiert."

Und die beiden gingen. Aber als sie schon unten waren, atmete Bob tief auf, wischte sich mit dem Handrücken die Augen und sagte: „Herr Lorensen, Sie müssen mich entschuldigen, aber ich will zu der armen, alten Dame zurück, um ihr alles genauer zu erklären", und rannte wieder die Stufen hinauf, während Herr Lorensen brummend und nicht eben rosig aufgelegt nach dem Polizeipräsidium eilte, um seinem Vorgesetzten Bericht zu erstatten.

Bob traf die alte Dame noch immer im Stuhl zusammengekauert, hinter den vor das runzelige Gesicht geschlagenen Händen bitterlich schluchzend. Leise trat er auf sie zu, legte seine kleine, schlanke Knabenhand auf ihre Schulter, und als sie ihn wütend anschrie: „Na, noch hier?" sagte er eindringlich:

„Sie dürfen nicht so böse auf mich sein, Frau Krikl, aber ich bin selbst in großer Verzweiflung. Gertie ist mir neben Papa und Mama das Liebste auf der Welt, und ich kann nicht lachen und mich nicht mehr freuen, bevor ich sie nicht wiedergefunden habe. Und ich laufe den ganzen Tag herum, um Gertie zu suchen, und weil ich selbst noch klein bin und keine Erfahrung habe, so kommen mir allerhand dumme Gedanken, und mein Kopf ist schon ganz wirr vor lauter Suchen, und so bin ich denn auf den Gedanken gekommen, daß Sie –"

„Daß ich dir deine Gertie geraubt habe," lächelte Frau Krikl unter Tränen. „Der Gedanke ist gar nicht so dumm, mein Junge, wenn ich es genauer überlege. Wenn ein Mensch so aussieht wie ich, daß ihn jeder für eine Hexe hält, so kann man schon glauben, daß er Kinder raubt. Aber nun bin ich dir auch gar nicht mehr böse. Setz' dich her zu mir und erzähle mir, wie sich das alles zugetragen hat, denn die Zeitungen lügen ja doch nur, so daß man sich gar nicht auskennt."

Bob setzte sich dicht zu der Alten und erzählte, wie er als kleiner Junge Gertie beschützt und kennengelernt hatte, wie sie dann jede freie Stunde miteinander verbrachten, unzertrennlicher als Zwillinge, und wie es seine feste Absicht war, etwas Tüchtiges zu werden, um Gertie, wenn er erst ein Mann wäre, zu heiraten. Wie er auch vor fünf Tagen sich so sehr über sein gutes Zeugnis gefreut und mit Gertie Luftschlösser gebaut hatte und sie ihm dann verschwunden sei, spurlos verschwunden, als wenn der Erdboden sie verschluckt hätte. Und von dem rothaarigen Burschen berichtete er, und wie er sie, Frau Krikl, heute beobachtet hatte und dann auf den dummen Gedanken gekommen sei – –

Als der blasse, übermüdete Knabe seine Erzählung beendet hatte, da überkam ihn der ganze Jammer, und nun war er es, der bitterlich weinte, so daß Frau Krikl seinen dunklen Lockenkopf an ihre Schulter zog und ihn streichelte, bis wieder Ruhe über ihn gekommen war.

„Ich bin nur eine alte, müde Frau, die alle Kinder und sogar der Papagei, den ein böses Mädchen, das bei mir im Dienste war, angelernt hat, Hexe nennen, aber wenn ich irgend etwas tun kann, um dir zu helfen, so will ich es tun. Ich könnte mit dir weinen, Bobbie, denn deine Gertie war das holdeste, schönste kleine Mädchen, das ich je im Leben gesehen. Ausgenommen vielleicht meine kleine Cissy, die mir vom lieben Gott genommen worden ist."

Und nun hörte Bob die Geschichte einer armen, unglücklichen Frau, eine Geschichte, die wahrlich keine Hexengeschichte war.

XIII. Kapitel

Frau Krikls Geschichte

Frau Krikl war die einzige Tochter eines begüterten Kaufmannes und hätte, von der Liebe ihrer Eltern umgeben, eine glückliche Jugend gehabt, wäre sie nicht mit ihrer eckigen, langen Gestalt und der großen Hakennase ausgesprochen häßlich gewesen. So wurde sie zwanzig, einundzwanzig und mehr Jahre alt, ohne daß sich ein Mann um sie gekümmert hätte, und schon hatte sie sich mit dem Gedanken abgefunden, eine alte Jungfer zu werden, als sie auf einem Gartenfest einen jungen, auffallend schönen und eleganten Mann kennenlernte, der den ganzen Abend nicht von ihrer Seite wich. Als sie sich trennten, behielt er lange ihre Hand in der seinen und fragte, ob er ihre Eltern besuchen dürfe. Sibylle, obwohl von einem ihr bisher unbekannten Feuer durchströmt, hatte doch noch Vernunft und Besinnung genug, um hart und schroff zu fragen:

„Was soll das, Herr Krikl? Ich weiß doch, daß ich ein lächerlich häßliches Mädchen bin, mit dem zu verkehren einem Manne, wie Sie es sind, kein Genuß sein kann."

Da führte er ihre Hand an seine Lippen und sagte feurig: „Fräulein Sibylle, ich habe viele schöne Frauen und Mädchen in meinem Leben kennengelernt, und nie fand ich hinter der schönen Larve eine Seele. Ich sehne mich aber nach einer wahren Frauenseele, und bei Ihnen habe ich alles das gefunden, was jene nicht haben: Güte, Klugheit, feines Empfinden und ein warmes, unverdorbenes Herz."

Unsagbar glücklich machten Sibylle diese Worte, jedes weitere Bedenken schwieg in ihr, und als der schöne, stattliche Mann am nächsten Tage wirklich zu ihren Eltern kam und um ihre Hand anhielt, sank sie jauchzend und weinend an seine Brust.

Ihre Eltern waren durchaus nicht so froh über das Verlöbnis; sie zogen Erkundigungen ein und erfuhren, daß Krikl ein Schuldenmacher und Spieler sei und es zweifellos nur auf das große Vermögen abgesehen hatte.

Daraufhin wollten sie, Sibylle solle ihm ihr Jawort zurückgeben. Aber vergebens. Denn ihre Leidenschaft kannte keine Grenzen mehr; sie erklärte, mit dem Geliebten leben oder aber sich töten zu wollen, und so gaben denn die Eltern seufzend und voll düsterer Ahnungen nach. Und die Ahnungen trogen nicht. Schon wenige Tage nach der Trauung zeigte sich Herr Krikl als kalter, herzloser Egoist; er begann die Nächte außer Haus zu verbringen, spielte in schlechter Gesellschaft Hasard, ließ sich in gewagte und zweifelhafte Spekulationen ein und hatte nach einigen Monaten die ganze Mitgift Sibylles durchgebracht. Als sie sich weigerte, ihren Vater um eine große Summe anzugehen, schrie er es ihr kalt ins Gesicht, daß ein Mann wie er eine so lächerlich häßliche Person nicht geheiratet habe, um plötzlich ohne Geld dazustehen. Unter der Wucht dieses Schimpfes brach die junge Frau zusammen, aber schließlich erbettelte sie kniefällig bei ihrem Vater das Geld, das ihr Gatte verlangte, und blieb doch bei ihm, da sie wußte, sie würde bald Mutter sein.

Die schrecklichsten Szenen wiederholten sich, immer wieder forderte Krikl Geld, mitunter blieb er eine Woche und länger dem Hause fern, bis schließlich ihr Vater ein Machtwort sprach, die Tochter zu sich nahm und dem Elenden die Türe wies.

Bald darauf wurde der armen, enttäuschten Frau ein Kind, ein Mädchen, geboren, und das Mutterglück entschädigte sie reichlich für das verlorene Eheglück.

So verging ein Jahr, bis eines Tages Herr Krikl wieder auf der Bildfläche erschien. Er lauerte seiner Frau auf der Straße auf, beschwor sie, wieder mit ihm zusammen zu leben, schilderte ihr mit bewegten Worten, wie verlassen und einsam er sei und wie geläutert durch all das Unglück, berief sich auf ihre einstige Liebe und erklärte schließlich, sich auf offener Straße vor ihr erschießen zu wollen, wenn sie noch länger sich und sein Kind ihm entziehen würde. Und die arme Frau glaubte ihm – nicht, weil sie überzeugt war, sondern weil sie glauben wollte – und gab abermals das reiche, behagliche Elternhaus auf, um mit dem Vater des Kindes zu leben.

Anfangs ließ sich auch alles ganz gut an, um so mehr, als der Schwiegervater wieder mit einer recht stattlichen Summe herausrückte, dann aber begann das alte häßliche Lied von neuem. Krikl hatte auch die zweite Mitgift seiner Frau verspekuliert, er führte wieder sein liederliches ausschweifendes Leben, forderte immer wieder Geld, erpreßte es schließlich unter der Drohung, sonst mit dem Kinde fortzugehen, bis Frau Sibyllens Vater die Geduld riß und er abermals alle Anstalten traf, um Tochter und Enkelkind zu sich zu nehmen. Aber an dem Tage, an dem die Übersiedlung vor sich hätte gehen sollen, war Krikl verschwunden und mit ihm das Kind und der wertvolle Schmuck der jungen Frau. Sibylle verlor über alledem fast den Verstand, und ein hitziges Nervenfieber warf sie aufs Krankenlager. Vergebens erließ ihr Vater Aufrufe, in denen er dem Schwiegersohn hohe Summen versprach, wenn er das Kind ausliefern würde. – Krikl war nicht aufzufinden; eine leise Spur nur führte nach Südamerika.

XIV. Kapitel

Frau Krikl erzählt weiter

So waren drei Jahre vergangen, als eines späten Abends ein Bote zu Frau Krikl kam, die zurückgezogen und verhärmt wieder bei ihren Eltern lebte, und sie aufforderte, ihm nach einem kleinen, übelbeleumundeten Hotel zu folgen, da dort ihr Kind krank liege. Und wirklich fand dort Frau Krikl ihr kleines Mädchen in verwahrlostem Zustande, abgemagert und fiebernd in der Gasthausküche auf einem zerfetzten Teppich liegend. Vor einigen Wochen war dort Krikl, aus Südamerika heruntergekommen und bettelarm zurückgekehrt, abgestiegen und hatte sich tagelang in der Stadt herumgetrieben, ohne sich um das blasse, kränkelnde Kind zu kümmern, um sich am Morgen des Tages, an dem Frau Krikl geholt worden war, in seinem elenden Zimmer an einem Bilderhaken zu erhängen. Aus einem hinterlassenen Zettel hatten die Wirtsleute den Namen und die Adresse der Mutter erfahren.

Überglücklich schloß Frau Sibylle ihr Kind in die Arme, aber ihr Glück sollte nicht lange währen. Das Kind hatte eine bösartige Lungenentzündung, und der geschwächte kleine Körper konnte die Krankheit nicht überwinden. Nach wenigen Tagen hauchte es in den Armen der Mutter seine mißhandelte Seele aus.

Bald darauf starben auch in rascher Aufeinanderfolge Vater und Mutter der Frau Krikl, die nun allein ihrer Verzweiflung überlassen war. Jahre voll stumpfen Trübsinns kamen, und aus Frau Sibylle entwickelte sich immer mehr ein weiblicher Sonderling, um so mehr, als sie aller materiellen Sorgen enthoben war und keinen Kampf mit dem Leben zu bestehen hatte. Sie war noch nicht vierzig Jahre alt, als Kinder und Dienstmädchen hinter ihr hertuschelten und sich über die „alte Hexe" lustig machten. Aber das Herz der Hexe war nicht vertrocknet wie ihre hagere Gestalt und das gefurchte Gesicht. Immer mehr wandte es sich den Kindern zu, die sie in den Gärten an sich zu locken begann, nur um in fremden Kindern das eigene, verstorbene zu streicheln, und immer in der vergeblichen Hoffnung, daß einmal eines dieser kleinen Wesen, denen sie so gerne Liebes erwiesen hätte, die Ärmchen um sie schlingen und ihr ein gutes Wort geben würde. Aber die Kinder taten dies wahrhaftig nicht. Waren sie arm, so nahmen sie wohl gerne warme Kleider, Schuhe und Wäsche mit einem artigen Knicks entgegen, aber zutraulich wurden sie nicht; ihnen blieb die dürre Person mit der großen Hakennase komisch und auch ein wenig gruselig, und oft genug erlebte sie es, daß Kinder, denen sie Zuckerwerk in das Händchen drückte, ihr nachher die Zunge herausstreckten und ihr „alte Hexe" nachriefen. So war sie wirklich alt geworden, hatte die Sechzig überschritten, lebte ihr einsames, schrullenhaftes Dasein, liebte aber die Kinder nach wie vor, und die Zahl der Kleinen, die von ihr bekleidet und beschenkt wurden, war Legion geworden.

Das ungefähr erzählte Frau Sibylle dem kleinen Jungen, während hinter dem Tuch ihr einziger Lebensgefährte, der Papagei, ab und zu halblaut knurrte und schimpfte, „Hexe" rief und nach der Polizei schrie.

Bob hatte aufmerksam zugehört, immer näher rückte er an die alte Frau heran, um schließlich leise „Sie Arme!“ zu sagen und einen Kuß auf die dürre, welke Hand zu drücken. Da weinte sie laut auf, und auch dem Knaben stand das Wasser in den Augen. Und wieder schoß ihm die Gewißheit durch den Kopf, daß das Leben gar nicht so heiter und sorglos sei, wie er es bisher geglaubt, sondern voll schwerer Prüfungen und Qualen, die er in ihrer ganzen Tiefe nur ahnen, nicht aber verstehen konnte. Doch der Freundschaftsbund zwischen Frau Sibylle und Bob Holgerman war geschlossen und die alte Frau sagte, bevor Bob wegging, sehr feierlich: „Mein lieber Junge, ich bin nur ein altes, dummes Weib, aber was ich tun kann, um dir und deinem kleinen Bräutchen zu helfen, will ich tun, und wenn ich betteln gehen müßte.“

Bob ging nach Hause. Wohl hatte er sich zum zweitenmal schwer blamiert, aber er war doch besseren Mutes. Zum erstenmal war seine Gertie sein Bräutchen genannt worden, und das hob gewaltig sein Selbstbewußtsein, und zugleich stieg in ihm ein warmes, sicheres Gefühl auf, das ihn wieder hoffen ließ. Bevor er sich zu Bette legte, blickte er wieder zum offenen Fenster hinaus, rief einer fallenden Sternschnuppe „Gertie“ zu und sagte sich, halb schon im Schlafe: „Gertie lebt, ich weiß es!“

Der nächste Tag ließ sich aber recht unglimpflich an. Schon in aller Herrgottsfrühe war Herr Holgerman angerufen worden, und als er sich an den Frühstückstisch auf der Terrasse setzte, stand ihm die von seiner Frau sehr ungern gesehene Zornesader an der Stirne.

„Bob,“ sagte er laut und streng, „nun ist es genug mit den Albernheiten. Eben rief mich der Inspektor von der Kriminalpolizei an und erzählte mir von Dummheiten, die du nun schon zweimal angestellt hast. Er bittet dich dringend, die Hände von solchen Dingen zu lassen.“

Bob war feuerrot geworden und sah so unglücklich auf seinen Teller, daß Herr Holgerman Mitleid mit ihm empfand und etwas weicher fortfuhr: „Es ist ja sehr hübsch von dir, daß du dich um deine arme Freundin so härmst, aber du mußt einsehen, daß du mit deinen dreizehn

Jahren nichts ausrichten kannst. Du machst allen möglichen Leuten Ungelegenheiten, und wenn das so weiter geht, wirst du Gegenstand humoristischer Betrachtungen in den Zeitungen werden. Das wäre uns allen wohl sehr peinlich. Übrigens kann ich dir sagen, daß die Polizei, wie mir Herr Crispin versichert, nicht daran denkt, den Fall beiseite zu legen. Sie hat ihr Netz über das ganze Land gespannt, es wurden schon zahllose bedenkliche Individuen ausgeforscht, alle Hafenorte werden überwacht, und wenn Gertie unter den Lebenden weilt, so wird sie schließlich doch noch gefunden werden. Du mußt mir aber jetzt versprechen, Bobbie, daß du nichts mehr unternehmen wirst."

Entschlossen sah Bobbie seinem Vater aus großen, blitzenden Augen ins Gesicht:

„Nein, Papa, das kann ich dir nicht versprechen, weil ich dich sonst belügen würde! Ich werde vorsichtiger sein, aber ich muß weiter suchen. Jede Stunde muß ich suchen, Papa! Und was sollte ich auch anders tun? Lesen kann ich nicht, weil ich doch immer an Gertie denken muß, und spielen erst recht nicht! Papa, bitte, verlange das nicht von mir!"

Frau Holgerman sagte tadelnd: „Aber Bobbie!" Herr Holgerman wollte auffahren, um energisch gegen solche Unbotmäßigkeit aufzutreten, aber er tat es nicht. Denn ihm gegenüber saß ein Mensch, der nur mehr den Jahren nach ein Knabe war, ein Mensch, der am ganzen Körper bebte, und aus dessen todbleichem Gesicht ein furchtbarer Lebensernst und eiserne Energie sprachen. Und die Blicke der Eltern begegneten sich voll banger Sorge, und sie senkten die Augen und schwiegen und freuten sich im Herzen ihres tapferen, kleinen Jungen.

XV. Kapitel

Bob kauft einen Hund

Nach dem Frühstück griff Bob wie gewöhnlich nach der Zeitung, die er weitaus gründlicher und aufmerksamer, als es andere Kinder in seinem Alter zu tun pflegen, durchlas. Auf der letzten Seite fiel sein Blick auf eine Anzeige mit der Überschrift:

„Seltene Gelegenheit für Hundeliebhaber.

Wegen Übersiedlung nach dem Ausland ist Prachtexemplar eines Airdale-Terriers, zwei Jahre alt, zu verkaufen. Großer Stammbaum. Eltern mehrfach preisgekrönt. Glänzende Dressur, als Polizeihund abgerichtet."

Und dann folgte eine Adresse.

Bob sprang mit glühenden Augen auf. Papa hatte ihm doch als Belohnung für das gute Zeugnis einen Hund versprochen! Und hier war nun ein Polizeihund zu verkaufen, also ein Hund, der verwendet wurde, um Spuren aufzunehmen!

Oh, Bob erinnerte sich in diesem Augenblick, oft und immer wieder Geschichten in den Zeitungen gelesen zu haben, wo Polizeihunde Verbrecher gefangen und die schwierigsten Spuren aufgenommen hätten! Warum eigentlich hatte die Polizei nicht nach Gertie mit einem solchen Hunde gesucht? Aber was nicht geschah, konnte noch immer getan werden, und zwar mit seinem eigenen Polizeihund!

Fröhlich und erwartungsvoll, wie schon seit Tagen nicht, fuhr Bob mit der Untergrundbahn quer durch die Stadt zu dem Herrn, der seinen Hund verkaufen wollte. Er fand dort alles in voller Auflösung begriffen, Kisten und Koffer standen umher, kurzum, man sah, daß die Anzeige nicht gelogen hatte, sondern hier wirklich jemand einen Umzug bewerkstelligte.

Bob stand zuerst allein in dem halb ausgeräumten Zimmer, dann ging plötzlich die Tür auf und herein schritt nicht etwa ein Mensch, sondern ein Hund, der allein die Klinke niedergedrückt hatte. Sicher war es der angekündigte Airdale-Terrier. Ein prachtvolles, mittelgroßes Exemplar von wunderbarer Färbung und beispiellos klugen Augen. Zuerst knurrte das Tier den Knaben höchst unwillig an, als aber Bob, der sich durchaus nicht fürchtete, ihm schmeichelnd: „Komm' her, komm'!" entgegenrief, schritt der Hund näher, wedelte freundlich mit der Rute, als er gekraut wurde, und ließ sich dann zu Füßen Bobs nieder, wobei er keine Sekunde aufhörte, den Knaben anzublicken.

Bob war außer sich vor Freude über den Hund, den er schon gewissermaßen als sein Eigentum betrachtete. Er kniete neben ihm nieder, tätschelte das Tier, schüttelte ihm die Pfoten, und gerade als der rechtmäßige Besitzer hereintrat, war er im Begriff, die Schnauze des Tieres zu öffnen, um sein Zahnfleisch und die Zähne zu untersuchen; denn Bob hatte erst kürzlich in einem Artikel gelesen, wie wichtig die Beschaffenheit des Gaumens und der Zähne eines Hundes zur Beurteilung seiner Rassereinheit und Gesundheit ist.

Herr Peters, der Herr des Hundes, blieb überrascht stehen:

„Nanu, Sie haben ja rasch Freundschaft mit Troll geschlossen! Seltsam genug, daß sich der Hund das von Ihnen gefallen läßt! Nicht zu glauben! Wäre sonst imstande, einen Fremden, der ihn auch nur anrührt, ohne daß ich die Erlaubnis dazu gegeben habe, glatt niederzureißen!"

Stolz und freudig richtete sich Bob auf.

„Mag sein, Herr Peters, daß so ein Hund genau spürt, wer ihn gerne hat und gut behandeln will! Alle Hunde sind gut zu mir, wahrscheinlich, weil ich Hunde sehr liebe!"

Herr Peters sah schmunzelnd auf den Jungen herab.

„Na, mir ist es recht so! Hätte mich ohnedies nicht leicht entschlossen, Troll dem erstbesten Protzen zu übergeben, dem ein Hund nur als Dekoration und Hausputz dienen soll."

Und nun setzte er alles Wissenswerte über den Rüden auseinander und versicherte, daß er der bestdressierte Hund auf dem ganzen Kontinent sei. Troll stand dabei, wedelte verlegen mit dem Schweif, als müßte er sich über so viel Lob schämen, und sah abwechselnd seinen Herrn und den Knaben an, um plötzlich an diesem emporzuspringen und ihm mit der rosigen Zunge ins Gesicht zu fahren.

Ein kurzes „Troll, pfui!" genügte allerdings, um ihn sofort beschämt auf alle viere zu strecken. Die weitere Unterhaltung schien ihn nun nicht sonderlich zu interessieren, er dehnte behaglich die Glieder, gähnte und begnügte sich damit, die beiden anzublinzeln.

Erwartungsvoll und gespannt fragte Bob:

„Herr Peters, hat Troll eine so feine Witterung, daß er jemanden, der vor sechs Tagen verschwunden ist, auffinden kann?“

„Das hängt von den näheren Umständen ab, junger Mann,“ lautete die verwunderte Antwort, worauf Bob, ohne sonderlich zu erröten, drauflos log:

„Vor sechs Tagen war bei uns ein Mann, den wir wieder sehen möchten, ohne seinen Namen und die Adresse zu kennen. Wir haben aber einen Hut von ihm. Denken Sie, daß Troll die Spur aufnehmen kann?“

Herr Peters wiegte bedächtig den Kopf.

„Sehen Sie, junger Mann, wenn ich ein berufsmäßiger Hundehändler wäre, würde ich mit einem kräftigen ›Ja‹ antworten. Da ich aber kein Schwindler bin, so kann ich nur sagen, daß das von Troll selbst abhängt und natürlich auch von dem Wege, den der Mann eingeschlagen hat. So ein Hund hat seine Mucken wie ein Mensch. Und je feiner der Hund und der Mensch, desto mehr Mucken haben beide. Ist Troll mißmutig und schlecht aufgelegt, dann pfeift er auf die Spur, schwindelt Ihnen etwas vor, macht, als wäre er auf der Fährte, und fängt dann an, die Ecksteine zu begrüßen, womit alles für ihn erledigt ist. Will er aber wirklich, interessiert ihn die Geschichte und ist er auf Sie an diesem Tage gut zu sprechen, dann leistet er wahrhaftig Wunderdinge, die man nicht glauben möchte, wenn man sie nicht miterlebt hat.“

Bob gab sich mit dieser Auskunft zufrieden und kam nun auf den heikelsten Punkt zu sprechen, auf die Preisfrage nämlich. Und der Preis, den Herr Peters nannte, war für des Knaben Begriffe so übertrieben hoch, daß er erschrak und erblaßte. Bob hatte von Geld und Geldeswert nur recht unklare Begriffe, aber so viel wußte er doch schon, daß die Tausende, die da verlangt wurden, viel, viel Geld seien, und ungefähr das Zehnfache dessen, was sein Vater würde ausgeben wollen. Sehr kleinlaut und unglücklich empfahl er sich mit der Bemerkung, zu Hause berichten zu wollen, und selbst die Tatsache, daß Troll ihn bis auf die Straße begleitete, konnte ihn nicht trösten.

Verstimmt und verzagt betrat Bob die Holgermansche Fabrik, um seinen Vater aufzusuchen.

„Papa, du hast mir vor sechs Tagen, als ich mein Zeugnis erhielt, versprochen, mir einen Hund samt Hundehütte zu kaufen. Ich hätte jetzt einen schönen Airdale-Terrier an der Hand, den ich furchtbar gern haben möchte. Wieviel darf ich dafür ausgeben?“

Herr Holgerman war hocherfreut, daß sein Sohn nun doch auf andere Gedanken zu kommen schien, und gab dieser Freude Ausdruck, indem er eine recht beträchtliche Summe nannte. So beträchtlich sie aber auch war, sie betrug gerade den fünften Teil des Preises, den Herr Peters für seinen Troll verlangt hatte.

Bob bedankte sich höflich bei seinem Vater, sagte anscheinend leichthin: „Ich will nun sehen, ob ich den Hund dafür bekommen kann“, und ging tief traurig von dannen.

Was nun tun? Sollte er sich seiner Mutter anvertrauen? Diese würde ihm so viel Geld nicht geben wollen und können, um so weniger, als er ja nicht sagen wollte, *warum* es gerade dieser Hund sein müsse. Aber Troll mußte sein werden, unbedingt. Wie eine Schicksalsfügung schien es ihm nun, daß er sich als Geschenk einen Hund ausbedungen hatte, heute morgen diese Anzeige las und in Troll ein edles, schönes Tier fand, mit dem er sich so gut verstehen würde. Woher aber das Geld nehmen? Zum erstenmal im Leben hatte Bob Geldsorgen, zum erstenmal empfand er voll Bitterkeit, was es bedeutet, wenn man unbedingt etwas braucht und es nicht haben kann! Da fiel ihm Frau Sibylle Krikl ein. Er hatte ihr ja ohnedies versprochen, sie heute zu besuchen. Und hatte sie ihm nicht gesagt, sie würde ihm helfen, und wenn sie deshalb betteln gehen müsse? Nun, vielleicht konnte sie das viele Geld entbehren!

Es war nachmittags, als Bob zu Frau Krikl kam, und die alte, häßliche Frau mit der Hakennase und dem spitzen Hexenkinn empfing ihn fast jubelnd.

„Bobbie, mein lieber Junge, wie schön und gut, daß du dein Versprechen hältst und zu mir alten Frau kommst. Ich habe dir auch die schönsten Erdbeeren besorgt, die in der ganzen Stadt aufzutreiben waren."

Und während Bob vor einem großen Teller voll Erdbeeren und Schlagsahne saß, erzählte er die Geschichte von Troll, von der Freundschaft, die er mit dem Hunde geschlossen, und seiner Enttäuschung über den unerschwinglichen Preis.

Er hatte sich in Frau Krikl nicht geirrt. Voll Begeisterung stimmte sie mit ihm darin überein, daß Troll unbedingt sein werden müsse.

„Was das Geld anbelangt, Bobbie, so mache dir nur keine Sorge. Ich habe viel mehr, als ich brauche. Morgen in aller Frühe gehe ich auf die Bank, und dann ist der Hund dein!"

Bob umhalste seine alte Freundin. „Frau Krikl, wie werde ich Ihnen das jemals danken können?"

„Nun, mein lieber Junge, erstens, indem du nicht mehr davon sprichst; zweitens, indem du zu mir nicht mehr Frau Krikl, sondern ›Tante Sibylle‹ sagst, und drittens dadurch, daß du Gertie findest. Und nun ruhe dich einmal aus, bist ja ganz abgemagert und blaß; setze dich zu mir und plauschen wir ein wenig."

Tatsächlich gab es auch genug zu besprechen. Vor allem, wie sollte der Knabe den Besitz des kostbaren Hundes den Eltern gegenüber erklären? Frau Sibylle schob die Hornbrille auf die Stirne, dachte nach und meinte dann zögernd:

„Bobbie, Lügen ist eine Sünde, und die Eltern belügen, eine doppelt schwere. Aber in diesem Falle ist es eine fromme Lüge, die der liebe Gott dir sicher verzeihen wird. Du willst ja nur Gutes damit tun und niemandem ein Leid zufügen. Also liegt eine fromme Notlüge vor, die nicht schwer ins Gewicht fallen kann. Sage den Eltern, daß du den Hund für den Preis, den dein Papa bewilligt hat, bekommen kannst."

Bob war entzückt. Innerlich war er ohnedies entschlossen gewesen, sich herauszuschwindeln, aber jetzt, wo ihm die alte Dame gewissermaßen die Sündenvergebung im vorhinein erteilt hatte, war er doppelt froh.

Als Troll neben seinem neuen Herrn einherging, war er entschieden in schlechter Gemütsverfassung. Er ließ die Ohren hängen, hatte den kurzen Schwanz eingezogen, und ein leises Knurren ertönte, das jeden Augenblick in heftiges Bellen hätte übergehen können. Bob empfand, was in dem Tiere, dem die Menschen in ihrer maßlosen Überhebung so gerne die Seele absprechen, vorging, zärtlich legte er seine kleine Knabenhand auf den Kopf des Hundes und sagte:

„Ja, mein Troll, jetzt gehörst du mir! Aber du sollst es recht gut bei mir haben, und wir wollen gute Freunde werden!"

Der Hund schien verstanden zu haben, er sah sich nochmals nach der Richtung um, aus der sie beide gekommen waren, bellte kurz und scharf auf, als würde er dem früheren Herrn ein letztes Lebewohl zurufen, sprang dann an Bob hinauf, um ihn abzuschlecken, und – war sein treuer Sklave geworden, ohne länger über die Vergangenheit, über das Gestern nachzudenken.

Bob widmete diesen Tag, den achten seit dem Verschwinden Gerties, ganz und gar dem Hunde. Er sagte sich, daß dieser sich in seiner neuen Umgebung nicht gleich wohlfühlen würde, und es daher notwendig sei, mit Troll ganz intim zu werden, bevor er ihm irgendwelche schwierige Aufgabe zumuten könne. Troll wurde feierlich Vater und Mutter vorgeführt, machte dann die Bekanntschaft Eduards, des Stubenmädchens und der Köchin, die ihm sofort voll Entzücken Fleisch in einen Teller mit Suppe, Gemüse und Brot schnitt, er lernte die ihm zugewiesene Schlafstelle vor der Türe zum Schlafzimmer Bobs kennen, und als die Schlafenszeit gekommen war, streckte er sich mit behaglichem Knurren auf den kleinen Strohsack, den sein Herr gekauft hatte, und wimmerte durchaus nicht nach dem alten Heim, wie es Bob befürchtet hatte. Nicht so gut wie der Hund schlief aber sein Herr. Bob wälzte sich bis lange nach Mitternacht schlaflos umher. Jetzt, wo er vor einem neuen Abschnitt seines rastlosen Suchens stand, überkam ihn Angst, Schrecken und Verzweiflung. Morgen würden es neun Tage her sein, seitdem Gertie verschwunden war. Bestand denn noch eine Möglichkeit, sie zu finden? War sie nicht längst tot? Schwamm nicht ihre arme, kleine Leiche im breiten Strom, der durch die Stadt seine geheimnisvollen Wasser führte? Und wenn sie irgendwo bei bösen Menschen lebte – welch furchtbaren Qualen und Mißhandlungen mochte sie dort ausgesetzt sein? Immer wieder hatten die Zeitungen von Bestien in Menschengestalt geschrieben, die kleinen, hübschen Mädchen nachjagen – was mochten sie nur seiner süßen, blonden Gertie angetan haben? Und an die Mutter Gerties mußte er denken, die Tag und Nacht weinte, immer wieder von Herzkrämpfen befallen wurde und sicher ihrem Tode entgegenging, wenn Gertie nicht gefunden wurde. Wie aber sollte er, ein kleiner, unerfahrener Junge, einen Menschen finden, den die Polizei mit ihren Detektiven, Steckbriefen und Kundmachungen nicht finden konnte? Was sollte ihm Troll nützen? Neun Tage mit Stürmen und Regengüssen waren vergangen, da konnte es doch nicht möglich sein, die Witterung aufzunehmen, noch dazu die Witterung nach einem Menschen, der nicht zu Fuß von Hause fortgegangen, sondern sicher in einem Automobil weggeschleppt worden war.

Bob schluchzte in sein Kissen hinein und er preßte den Zipfel des Polsters in den Mund, um nicht laut aufzuheulen. Fieber schüttelte den schlanken Knabenkörper und er stöhnte leise vor sich hin: „Gertie! Gertie!"

Am Morgen wachte er zur gewohnten Stunde um sieben Uhr auf und fühlte sich wie zerschlagen. Aber mit einem energischen Ruck schüttelte er die Nacht, die schwarzen Gedanken und den Schmerz ab, und das Pochen seines Herzens sagte ihm, daß er vor wichtigen Aufgaben stehe. Das kalte Bad unter der Dusche belebte ihn, und als er mit Troll, der ihn stürmisch nach Hundeart begrüßt hatte, das Frühstückzimmer betrat, machte er einen heiteren Eindruck, so daß ihn seine Mutter noch inniger als sonst auf die Stirne küßte und der Vater befriedigt nickte, weil er annahm, daß Bob durch die Freude über den schönen Hund seine Schmerzen zu vergessen beginne.

XVI. Kapitel
Troll plagt sich vergeblich

Zunächst begaben sich die beiden, Bob und Troll, nach dem Park, wo der Wächter den Hund gebührend bewunderte, dem Gedanken aber, mit Trolls Hilfe eine Spur von dem kleinen Mädchen zu finden, ein wenig kühl und zweifelnd gegenübertrat. Dann besuchte der Knabe mit seinem Hunde Frau Sehring. Gerties Mutter saß in einem Lehnstuhl in der Sonne bei offenem Fenster und sah zu, wie die Pflegerin einer großen, robusten Frau behilflich war, ganze Berge von Wäschestücken in Bündel zu schnüren, in ein großes und in ein kleineres.

Kaum erblickte Frau Sehring den Knaben, als ihr auch schon wieder die Tränen über die eingefallenen schneeweißen Wangen liefen. Zaghaft, verlegen, verzweifelt trat Bob, den Hund am Halsbande führend, zu ihr und sagte: „Dies ist Troll, mein Hund, den ich kaufen durfte. Er ist ein vorzüglicher Polizeihund, und ich will mit ihm Gertie suchen."

Frau Sehring lächelte unter Tränen.

„Ach, Bobbie, das ist wohl alles vergeblich! Wenn uns Gott im Stiche läßt, so wird uns ein Hund nicht helfen können!"

Inzwischen schwang die robuste Frau das große Bündel auf den Rücken, nahm das kleinere in eine Hand und wollte gehen. Ein schrecklicher Gedanke schoß durch Bobs Kopf. Aufgeregt rief er:

„Was ist in dem Bündel, Frau Sehring?"

„Die schmutzige Wäsche," erwiderte Frau Sehring.

„Auch die Wäsche Gerties?" schrie Bob ängstlich. Und als Frau Sehring verwirrt „Ja doch, Bobbie, warum schreist du denn so?" erwiderte, sprang er auf die Wäscherin zu, die schon unter der Türe stand, und rief:

„Halt, Sie dürfen noch nicht gehen!“ und zu Frau Sehring: „Ich brauche ja Wäschestücke, die Gertie getragen hat; wie soll sonst Troll die Witterung bekommen können?“

Seine Aufregung wirkte ansteckend. Lebhaft, wenn auch mühsam, erhob sich Frau Sehring.

„Hier in diesem kleinen Bündel ist die ganze Wäsche, die Gertie in den zwei oder drei Wochen vor dem Unglück getragen hat. Welches Stück könntest du brauchen?“

Bob überlegte. Sie hatten vor dem verhängnisvollen Tage täglich in glühender Sonne im Park Diabolo gespielt, da mußten naturgemäß die Strümpfe Gerties von dem Hautschweiß am stärksten imprägniert sein. Und richtig – dies waren die weißen Strümpfe, die Gertie erst am Tage vor ihrem Verschwinden getragen hatte, er erkannte sie an dem Loch in Kniehöhe, das einen rostroten Rand aufwies. Sie war gefallen und hatte sich ein wenig das Knie aufgeschunden, so daß der eine Strumpf ein Loch davongetragen hatte. Er nahm also diesen Strumpf und noch ein Taschentuch und ein Hemdchen. Bevor er mit diesen Stücken und Troll abzog, bat er aber noch Frau Sehring und die Pflegerin, seiner Mutter nichts von seinen Plänen zu erzählen. Rasch begab er sich mit dem Hund auf sein Zimmer, legte die Wäschestücke auf den Fußboden und drückte Trolls Schnauze darauf.

„Troll,“ sagte er, „mein lieber guter Troll, riech' ordentlich daran und dann such', such', was du nur suchen kannst!“

Es bedurfte aber gar nicht solch inniger Zusprache. Der glänzend dressierte, mit ererbten Instinkten ausgestattete Hund schien sofort zu verstehen, um was es sich handelte; er geriet in Aufregung, stellte die Ohren auf, knurrte unruhig, wühlte ordentlich mit der feuchten Schnauze in den Sachen und sah dann seinen Herrn tatenbereit und erwartungsvoll an. Bob steckte den Strumpf in die Tasche und verließ mit dem Hunde das Haus. Kaum waren sie auf der Straße, als Troll nervös zu suchen begann. Zwei-, dreimal rannte er vor dem Haustor auf und ab, dann senkte er den Kopf und lief geradeaus hinüber in das Miethaus hinein, in dem Gertie gewohnt hatte, und Bob mußte ihn am Halsbande zurückziehen, sonst wäre er die Treppen hinaufgelaufen.

Der Knabe war verzagt und das Weinen war ihm nahe. Was nun? Der Hund hatte die Spur gefunden, wunderbar genug, aber doch nur die Spur, die von Gerties Wohnung zu seinem Hause hinführte! Und damit war nichts gewonnen und nichts getan.

„Troll, komm', das heißt nichts!"

Und wieder schien der Hund zu verstehen, und auch er war enttäuscht und ließ die Ohren hängen.

Sie gingen durch den Park über den Spielplatz. Troll aber nahm keine Spur auf, sondern schnupperte heftig in die Luft und gab nur einen wehklagenden Laut von sich. Erst als sie wieder in der Straße zwischen den beiden Häusern angelangt waren, begann er zitternd zu dem Haustor und hinüber zu dem anderen zu laufen.

Der Tag verging und die Nacht, und der zehnte Tag war gekommen. Bob war nach gründlicher Überlegung und Rücksprache mit Frau Sibylle zu dem Entschlusse gelangt, wieder seine Streifzüge durch die Gärten der Stadt aufzunehmen. Vielleicht weilte Gertie in einem Hause mit anderen Kindern; vielleicht kam eines von diesen in einen Garten; vielleicht witterte Troll die Berührung dieses Kindes mit Gertie. Oder aber es kam ein Kind, das Sachen trug, die Gertie gehörten, was auch im Bereiche der Möglichkeit lag.

„Viele Vielleicht, wenig klare Hoffnungen – aber wir dürfen nichts unterlassen, was auch die geringsten Möglichkeiten bieten kann," hatte Frau Krikl gesagt. Auch bei ihr war Troll auf volle Sympathie gestoßen, die nach einigem Mißtrauen erwidert wurde. Den frechen Papagei allerdings hatte Troll zuerst furchtbar verbellt, um ihn dann mit Verachtung zu strafen und auf die reichlichen Beschimpfungen und die vielen „Halt's Maul", die ihm Joko zubrüllte, nicht zu reagieren.

Als Bob eines Tages todmüde, hungrig und ergebnislos mit dem ebenfalls mißgelaunten Hunde heimkam, fand er das Abendblatt mit einem Artikel vor, der die fetten Überschriften trug:

Das Geheimnis der Gertie Sehring.
Verhaftung eines Ehepaares vor
der Einschiffung nach Brasilien.

Am ganzen Körper zitternd, las Bob:

„Es sind volle zehn Tage vergangen, seitdem die zehnjährige Gertie Sehring, ein Kind von auffallender Schönheit, spurlos am hellichten Tage verschwunden ist, und noch immer hat die Polizei die verabscheuungswürdigen Menschenräuber nicht entdecken können. Es muß aber zugegeben werden, daß die Polizei sich alle erdenkliche Mühe gegeben hat, um dem Geheimnis auf die Spur zu kommen. Sie hat sich mit den Polizeibehörden aller Länder in Verbindung gesetzt, in Tausenden von Exemplaren wurden die Bilder des Mädchens verschickt, so daß heute kein Kriminalbeamter ohne dieses Bild in der Tasche ist. Sie hatte die große Belohnung verdoppelt, die der Fabriksbesitzer Herr Holgerman aussetzte – der Vater des Knaben, in dessen Gesellschaft sich Klein-Gertie zuletzt befand – sie hat alle Schlupfwinkel und Verbrecherspelunken der Stadt durchstöbert. Wurde aber auch Gertie Sehring leider bisher nicht gefunden, so hat die Suche nach ihr der Polizei doch zu einem guten Fange verholfen. Im Hafen zu Liverpool nahm die dortige Polizei ein Ehepaar fest, das gerade im Begriffe war, mit fünf Kindern den Dampfer ›Salvator‹ zu besteigen, der nach Rio de Janeiro bestimmt war. Einem der aufpassenden Kriminalbeamten war es aufgefallen, daß sich die fünf Mädchen, die im Passagebureau, in dem die Karten gelöst worden waren, als Kinder des Ehepaares Avorescu angegeben waren, im nahezu gleichen Alter befanden, woraus hervorging, daß es sich nicht um Geschwister handeln konnte. Das Ehepaar wurde verhaftet, und die fünf Mädchen, alles bildhübsche Dinger zwischen zwölf und, vierzehn Jahren, getrennt einem Verhör unterzogen. Anfangs wollten die eingeschüchterten Mädchen, deren Körper Spuren von Schlägen aufwiesen, nicht mit der Sprache heraus; schließlich als sie sahen, daß man ihnen nichts Böses anhaben wollte, erzählten sie weinend, daß die Avorescus nicht ihre Eltern seien, sondern sie einfach gekauft hätten. Die weitere Untersuchung förderte grauenhafte Einzelheiten zutage. Die Kinder, die teils aus Ungarn, teils aus Slawonien stammten, wurden tatsächlich für einen Schandlohn an die Avorescus verschachert, die die hübschen Mädchen nach Brasilien verfrachten wollten, um sie dort in verrufenen Nachtlokalen als Blumenverkäuferinnen und Tänzerinnen zu verdingen. Wer die Lokal in Rio de Janeiro kennt, weiß aber, daß es sich in Wirklichkeit um viel Ärgeres als um Blumenverkaufen und Tanzen gehandelt hätte. Es wurde festgestellt, daß sich unter den fünf Mädchen Gertie Sehring nicht befindet. Die Kinder wurden von der Kinderschutzgesellschaft übernommen, das elende Ehepaar Avorescu bleibt in Haft und sieht schwerer Bestrafung entgegen."

Soweit der Zeitungsbericht, den Bob verschlang, ohne ihn in seinen äußersten Andeutungen zu verstehen. Aber er dachte: Dieses Ehepaar hat man nun verhaftet, wer weiß, wieviele andere solche es gibt und wo Gertie heute klagt und jammert!

Immer unruhiger, zerfahrener und bekümmerter wurde Bob. Die Tage kamen und gingen, es war nun schon genau zwei Wochen her, seit mit Gertie die knabenhafte Lebensfreude aus seinem Dasein geschwunden war, und die Hoffnungen, die er an Troll geknüpft hatte, erfüllten sich auch nicht. Vormittags von acht bis gegen ein Uhr, nachmittags von drei bis zum Abend durchstreifte er die Straßen, Gärten und Anlagen mit Troll, immer wieder ließ er ihn den Strumpf und die anderen Wäschestücke Gerties beschnuppern, aber Troll konnte nichts finden. Er *wollte*, das sah man ganz deutlich, er quälte sich geradezu ab, er schnupperte verzweifelt zwischen Haustor und Haustor umher, aber sobald sie um die Ecke gebogen waren, hatte er keine Witterung mehr und heulte kurz und jämmerlich auf.

Bob begann an Appetitlosigkeit zu leiden, dunkle Ringe lagerten sich um seine schönen braunen Augen, die jetzt streng wie die eines

Erwachsenen dreinblickten. Er hatte fast täglich Kopfschmerzen und begann Spuren einer nervösen Gereiztheit zu zeigen, die seine Eltern mit Schrecken und Angst erfüllten, bis das eintrat, an das Bob nur mit Grauen denken konnte. Herr Holgerman bestimmte endgültig den Tag der Abfahrt nach der See. Am fünfzehnten Tage seit dem Verschwinden Gerties sah er seinen Sohn beim Abendessen scharf an, schlug mit der Hand auf den Tisch und sagte:

„Nun wird es mir zu bunt! Bob sieht einfach jämmerlich aus, nicht wie ein gepflegtes Kind aus gutem Bürgerhause, sondern wie ein unterernährtes Arbeiterkind! In acht Tagen fahren wir an die See, und dort wird sich der Junge hoffentlich erholen und sich die unmöglichen Wünsche aus dem Kopf schlagen."

Mit einem besorgten Blick auf Bob stimmte Frau Holgermann eifrig zu: „Ich bin mit allen Vorbereitungen fertig, und was Bobbie noch an Matrosenanzügen braucht, bestelle ich morgen."

Bob aber sagte gar nichts, sah tief schweigend auf seinen Teller nieder, den er hätte leeren sollen, und dachte:

„Es ist ganz merkwürdig! Eltern machen ihren Kindern zum Vorwurf, wenn sie schlecht aussehen. Als wenn man zum Vergnügen blaß wäre und die dummen Kopfschmerzen hätte! Wenn wir aber fortgefahren sind, dann werde ich mich leider nicht erholen, sondern erst recht ganz verzweifelt sein, weil ich dann jede Hoffnung aufgeben muß, Gertie nochmals im Leben wiederzusehen."

Und er beugte sich über den Teller und führte den Löffel hastig und rasch zum Munde, damit man nicht sehen möge, wie salzige Tropfen aus seinen Augen in die Suppe flossen – –

Am anderen Morgen ging er sehr zeitig, gleich nach dem Frühstück, zu Frau Krikl und jammerte sich bei ihr aus.

„Ich gebe es auf, Tante Sibylle, ich bin zu schwach dazu, nie werde ich Gertie finden, und ich kann auch gar nicht mehr suchen, weil mich meine

Füße schon sehr schmerzen und ich immer Kopfweh habe und so müde bin, daß ich mich am liebsten ins Bett legen möchte!"

Frau Krikl erschrak und begann bitterlich zu weinen. Sollte denn des Unglücks kein Ende sein? Das süße, kleine Mädchen, wahrscheinlich längst tot, ihre arme Mutter dahinsiechend, und nun noch dieser mutige, kluge Junge, der dem Jammer seines jungen Herzens zu erliegen drohte!

„Bobbie," sagte sie, die Tränen trocknend, „laß uns nebeneinander niederknien und beten. Ich bete fast nie, weil ich der Meinung bin, man soll den lieben Herrgott nicht zu viel belästigen, sondern sich das Gebet für die ganz großen Sachen aufheben. Aber ich glaube, daß dies eine Sache ist, für die man beten soll und muß."

Und die alte Frau, die die Leute eine „Hexe" nannten, und Bob knieten nebeneinander nieder und flehten stumm ihren Herrgott an, jeder auf seine Weise. Frau Krikl mit inbrünstiger Hingebung an den Heiland, Bob verwirrt und durch hundert Nebengedanken abgelenkt, dem lieben Gott tausenderlei Versprechungen machend für den Fall, daß er ihn Gertie finden lassen würde.

XVII. Kapitel
Troll nimmt eine Spur auf

Bob ging langsam und ein wenig schleppend, da er wirklich sehr müde war, mit dem Hunde von Frau Krikls Haus nach dem Volksgarten und von da quer durch das Stadtinnere weiter in der Richtung nach dem Stadtpark. Trotz des Hochsommers herrschte lebhaftes Treiben in den Straßen, die Automobile flogen mit ihren bunt geputzten Insassinnen wie die Schmetterlinge dahin, vor den Auslagen der Mode- und Luxusgeschäfte drängten die Menschen, und immer wieder verlor Bob den Hund von seiner Seite, so daß er die Leine aus der Hosentasche zog und sie an Trolls Halsband befestigte. Gerade als er mit dieser Verrichtung beschäftigt war und über den Hund gebückt dastand, rannte ihn ein riesengroßer, hastig vorwärtsstrebender Mann fast nieder, wobei er einen abscheulichen Fluch statt einer Entschuldigung ausstieß. Und in diesem Augenblick knurrte

Troll dumpf auf. Seine Haare schienen sich zu sträuben, die Ohren stellten sich senkrecht auf, und er riß so heftig an der Leine, daß Bob fast umgefallen wäre.

„Troll, benimm dich!“ rief der Knabe ärgerlich. Aber gegen seine Gewohnheit folgte der Hund nicht, sondern riß weiter, knurrte dumpf und schleifte seinen jungen Herrn an der Schnur hinter sich her.

Bob war verdutzt. Was fiel Troll denn ein? Warum raste er förmlich dahin, was sollte die Aufregung des Tieres bedeuten? Einer instinktiven Eingebung folgend, widerstrebte Bob nicht länger, sondern beschleunigte seine Schritte nach dem Wunsche des Hundes, folgte ihm durch das Gewühl der Menschen, folgte ihm auch, als der Hund in eine Seitengasse einbog, und nun sah er zu seiner Überraschung, daß Troll einfach den Spuren des Mannes nacheilte, der ihn vorhin beinahe umgerannt hätte. Das Gesicht des Mannes sah Bob nicht, hatte es auch bei dem Zusammenstoße nicht gesehen, aber er erkannte den riesigen Kerl sofort an der Gestalt.

Und so gingen sie weiter, etwa zwanzig Schritte hinter dem Unbekannten her. Troll knurrte nicht mehr, aber er hielt die Schnauze dicht an das Straßenpflaster, und als der Verfolgte die Straße querte, ging auch der Hund auf die andere Seite. Jetzt machte der Mann halt und betrat einen Tabakladen. Sofort blieb Troll stehen, wandte sich nach seinem Herrn um und begann dessen linke Rocktasche, ausgiebig niesend, schnaubend zu beschnuppern. Was sollte das wieder? Bob griff unwillkürlich in die Tasche. Richtig, da hatte er ja den Strumpf Gerties, den er immer mit sich herumtrug. Der Hund stürzte sich förmlich mit der Schnauze in den Strumpf hinein, dann tänzelte er vergnügt umher, und schon zog er wieder an. Der Mann hatte den Laden verlassen, ging weiter seines Weges und Troll folgte ihm mit gesenktem Kopf.

Ein eiskalter Schauer streifte den Rücken Bobs. Sein Herz begann bis in den Hals hinein zu schlagen, es sauste in seinen Ohren. Kein Zweifel! Troll nahm die Strumpfspur auf – Troll hatte einen Zusammenhang zwischen dem Riesen und dem Strumpfe gewittert, Troll war auf der Fährte. In wirbelnder Eile schossen die Gedanken im Kopfe des Knaben durcheinander. War das wirklich eine Spur? War es ein Irrtum des Hundes, vielleicht eine Laune nur, hervorgerufen durch den Zusammenstoß vorhin? Aber wie immer dem auch sein mochte, es war zum erstenmal, daß Troll eine Spur aufnahm, und es galt nun dieser Spur zu folgen – schlau, vorsichtig, auf Tod und Leben. Denn unwillkürlich sagte sich Bob, daß es gerade kein Genuß wäre, mit dem Riesenkerl irgendwie in einen Streit zu geraten. Also vorwärts, weiter, dem Manne nach! Die ruhige Straße mündete wieder in eine breite, durch die der Verkehr wogte. Und jetzt geschah etwas, worauf Bob und Troll nicht gefaßt waren. Der Mann vor ihnen sprang mit einem Satz auf einen mächtigen Autobus, der eben seine Fahrgeschwindigkeit verringert hatte. Was tun? Nur einen Augenblick zögerte Bob, dann machte er mit einem Rucke die Leine los, schrie: „Komm', Troll!", sprang mit Windeseile dem Autobus nach und schwang sich, nachdem er sich glücklich vor dem Überfahrenwerden durch eine Autodroschke gerettet hatte, auf die Plattform des Autobus. Und nun ging die Fahrt in sausendem Tempo vorwärts. Und Troll folgte getreulich mit lang herausgestreckter Zunge.

Auf der Plattform war Bob einen Augenblick stehengeblieben, um die Sachlage zu überblicken. Der Mann war die Treppe hinaufgegangen, um einen Sitzplatz auf dem Verdeck zu ergattern. Das war ganz gut so. Vom Innern des Wagens aus, der in Anbetracht der Hitze fast ganz leer war, konnte er seinerseits den Hund im Auge behalten, anderseits unauffällig hinter dem Manne her sein, falls dieser wieder aussteigen wollte. Je weiter sich der Autobus aus dem Herzen der Stadt entfernte, desto größer wurde seine Fahrgeschwindigkeit, und Bob begann für die Gesundheit Trolls ernstliche Befürchtungen zu hegen. Aber der Hund blieb dicht bei seinem Herrn und sah ihn mit einem Blicke an, der zu sagen schien:

„Nur keine Angst, ich komm' schon mit!"

Glücklicherweise hielt der Autobus nun auch sehr oft, um Fahrgäste aussteigen zu lassen oder aufzunehmen, so daß Troll verschnaufen konnte. Der Autobus verließ das Weichbild der Stadt, flog durch ein stark bevölkertes Wohnviertel, kam dann in eine Gegend, in der man links und rechts nichts als Fabriken und Speicher sah, um schließlich durch eine mit Ahornbäumen bepflanzte Allee in eines der vornehmsten Villenviertel der Stadt zu rollen. Die Fahrt hatte schon zwanzig Minuten gedauert und der Wagen war fast leer geworden, als Bob, der mit glühenden Wangen in dem dumpfen Kasten saß und ununterbrochen nach der Treppe, die zum Oberdeck führte, stierte, endlich wieder den großen Mann mit den plumpen, gelben Schuhen und dem blauen Anzug heruntersteigen sah. Der Knabe duckte sich ganz zusammen, um nicht bemerkt zu werden. Jetzt hatte der Riese die Plattform erreicht, er drehte sich dem Trittbrett zu, und Bob sah ihm, ohne selbst gesehen zu werden, voll ins Gesicht. Blitzschnell zog der Gedanke durch sein Gehirn: „Den Mann kenne ich." Aber er hatte keine Zeit zum Nachdenken, denn es galt nun, ebenfalls auszusteigen, ohne die Aufmerksamkeit des Verfolgten auf sich zu lenken. Dieser war bei halber Fahrt abgesprungen, stieß mit dem Fuße nach dem Hunde, der sich dicht an ihn herandrängte, und bog sofort in die die Fahrstraße schneidende Querstraße ein. Bob fuhr noch etwa hundert Schritte weiter, dann sprang er geschickt in voller Fahrt ab. Schon war der keuchende Troll an seiner Seite, rasch befestigte Bob die Leine und ließ sich von seinem Hunde dem Manne nachziehen.

Sie hatten nicht lange im glühenden Sonnenbrande zu gehen. Hundert Schritte vor ihnen blieb der Mann stehen, zog einen Schlüsselbund aus der Tasche, öffnete eine Gittertüre, die in einen Garten führte, und verschwand hinter ihr, ohne sich umzusehen.

XVIII. Kapitel

Blumenstraße 12

Bob wartete eine Minute, dann schlenderte er mit seinem Begleiter, der wieder die Nase auf den Boden hielt, an der Stelle, an der der Mann verschwunden war, vorbei. Er hatte sich überzeugt, daß die Straße Blumenstraße hieß, und über dem Gittertor war die Hausnummer 12 angebracht. Die Blumenstraße ist voll der herrlichsten, oft palastähnlichen Villen, von denen jede mit einem großen, gepflegten Garten umgeben ist. Bob erinnerte sich, daß er einmal mit seinen Eltern in dieser Straße einen Besuch gemacht hatte und daß die Familie, zu der sie geladen waren, zu den reichsten des ganzen Landes gehörte. Ein schloßartiges Gebäude grenzte an das andere, jedes lag tief in seinem Garten und jeder Garten war von mannshohen Gittern mit spießartigen Spitzen umgeben. Nur gerade gegenüber dem Hause Nr. 12 befand sich noch ein leerer, von Holzplanken eingezäunter Bauplatz, an dem eine Tafel mit der Inschrift stand:

Dieses Grundstück ist zu verkaufen.
Nähere Auskunft im Geschäft,
Gartenstraße Nr. 8.

Bob hatte das Empfinden, daß sein Verweilen vor dem Hause in dieser stillen, menschenleeren Straße auffallen könnte und trotz des Einspruches Trolls, der hinüber zum Hause Nr. 12 strebte, ging er bis zum Ende der Holzplanke und zurück. Troll wurde wieder losgelassen, ein Wink und gehorsam sprang der Hund über die Planken und im Nu hatte sich Bob ebenfalls hinübergeschwungen, um nun jenseits der Planken zwischen verdorrten Grasbüscheln, leeren Flaschen, Tiegeln und Konservenbüchsen zu landen. Einige Schritte weiter aufwärts klafften die Bretter ordentlich auseinander, und der Knabe konnte nun in aller Ruhe durch die Lücke das Haus Nr. 12 in der Blumenstraße betrachten. Ohne viel von der Kunst der modernen Architektur zu verstehen, war er doch durch die gediegene Pracht der Villa überrascht. Sie war ganz aus getöntem Sandstein erbaut, ohne Ornamentik, ohne Erker und Balkons, aber in der Linienführung von köstlicher Harmonie und edler Einfachheit. Außer dem hohen Erdgeschoß besaß sie nur noch ein Stockwerk und alle Fenster, die trotz der Hitze geschlossen waren, fielen durch ihre Höhe, aber auch durch ihre Schmalheit auf. Die Umrahmung der Fenster bestand aus schwer vergoldeter Bronze und bildete den einzigen Schmuck des Hauses, das in der Front ziemlich schmal war, aber ersichtlich tief ging. Eine steinerne Freitreppe führte an der Vorderseite auf eine Terrasse, von der eine große, oben abgerundete Holztür mit reichem

Kupferbeschlag den Eingang in das Innere des Hauses bildete. Von der Straße aus links, unterhalb und neben der Treppe, befand sich ein anderes mächtiges Portal, über dessen Bestimmung Bob nicht im unklaren war. Hinter diesem Portal befand sich ein Automobilschuppen, und Bob, der ähnliche Einrichtungen oft gesehen hatte, war überzeugt davon, daß man vom Inneren des Hauses aus ebenfalls die Garage betreten konnte. Reiche und vornehme Leute lieben das so, weil sie dann vom Volke ungesehen in ihr Auto steigen können.

Bob wischte sich die Schweißtropfen von der Stirn und beschattete die von der Sonnenglut und dem angestrengten Starren schmerzenden Augen. War es möglich, daß in diesem vornehmen, nach Ruhe und Frieden aussehenden Hause Gertie gefangen gehalten wurde? „Nein", sagte er sich, indem er versuchte, die Gedanken zu ordnen und aneinanderzureihen. „Nein" – eigentlich war das so gut wie ausgeschlossen; denn Millionäre rauben nicht kleine Kinder! Sollte Troll geirrt, sollte er falsche Witterung genommen haben?

Es mußte wohl so sein. Aber Bob schrie jetzt leise auf. Die Kette der Ereignisse, die er fast vergessen hatte, fiel ihm wieder ein. Troll hatte ja nicht dieses Haus gefunden, sondern war der Spur eines Mannes gefolgt, eines großen, entsetzlich häßlichen Mannes, dessen Gesicht er eben noch gesehen und – erkannt hatte! Woher aber kannte er es, wo war ihm dieser Mann mit dem bräunlichgelben Teint, mit den Blatternnarben, mit der leeren Augenhöhle schon begegnet? Wo, wo? Er hatte ihn schon gesehen, ganz sicher, er kannte dieses Gesicht, aber woher?

Der Knabe preßte den schmerzenden Kopf an die Bretterwand und dachte mit geschlossenen Augen nach. Und wieder löste sich ein Aufschrei von seinen trockenen Lippen, und mit einem Male war es ihm klar, daß er den Mann, der ein Negermischling sein mochte, im Traume gesehen hatte. Ja, in einer der Nächte nach dem Verschwinden Gerties war ihm das häßliche Gesicht erschienen – ganz deutlich sah er das Traumbild vor sich. Aber Bob war ein kluger Junge, der nie an Ammenmärchen, nie an den schwarzen Mann und an Geister geglaubt hatte, und so sagte er sich, daß er den Mann, der ihm im Traum erschienen war, unbedingt vorher einmal im Leben gesehen haben mußte. Und schon hatte er die tatsächliche Wirklichkeit erfaßt! Ja, damals, wenige Minuten, bevor er mit Gertie zum letztenmal heimwärts gegangen war, damals auf dem Spielplatz, als sie Diabolo gespielt hatten, hatte ja plötzlich dieser häßliche Mensch dicht vor Gertie gestanden und hatte sie aus seinem blutunterlaufenen Auge so durchdringend angestiert, daß sie erschrocken war. Und Gertie, das liebe, gute Mädchen, das niemandem auch nur in Gedanken etwas zuleide tun konnte, hatte den abscheulichen Kerl auch noch bemitleidet und Worte des Bedauerns über Menschen gesprochen, die von Natur aus häßlich sind!

War das nur Zufall, ein grotesker, alberner Zufall, daß Troll gerade hinter diesem Manne, der vielleicht der letzte Mensch gewesen, den Gertie vor ihrem Verschwinden gesehen hatte, hergelaufen war? Der Mulatte, der sich vor Gertie hingepflanzt, der Traum, die beharrliche Witterung Trolls, das große, geheimnisvolle Haus mit den verschlossenen Fenstern, hinter denen der Mann verschwunden war – nein, das alles konnte kein Zufall sein! Wie eine Erleuchtung, wie ein sicheres, helles Erkennen kam es über Bob.

Dieses Haus mußte das Geheimnis Gerties bergen. Was nun? Bob sah auf seine Taschenuhr. Himmel! Fast ein Uhr war es geworden! Rasch nach Hause, sonst würde er zu spät zu Tisch kommen, und sein Vater, der besonders in diesem Punkte keinen Spaß kannte, wäre imstande, ihn schon morgen mit Eduard aufs Land zu schicken! Flink über die Planken. Troll beim Halsbande packend, weil der Hund winselnd wieder zum Hause Nr. 12 strebte, ging es mit ein paar Sätzen zur großen Allee; richtig, da kam ein Autobus, und so gelang es, gerade als die Suppe aus der Küche ins Speisezimmer getragen wurde, zu Hause zu sein. Und diesmal fielen den Eltern nicht einmal die Verstörtheit Bobs, die Schweißtropfen in seinen Stirnlocken auf, da Herr Holgerman eben mit seiner Frau den Plan zur Errichtung einer neuen Fabriksanlage besprach.

Bob zählte nach Tisch genau seine Barschaft nach. Er besaß, da ja Frau Krikl den ganzen Preis für Troll bezahlt hatte und ihm so der von seinem Vater bewilligte Kaufschilling verblieben war, noch eine beträchtliche

Geldsumme, und er beschloß, in kluger Erkenntnis, daß es nun galt, alle Kräfte zu sparen und zu schonen, mit einer Autodroschke in die Nähe der Blumenstraße zu fahren. So konnte er Troll mitnehmen, der sonst wieder in der zunehmenden Nachmittagshitze hinter dem Autobus hätte herlaufen müssen. Troll war über die Fahrt im offenen Auto ersichtlich vergnügt, wurde aber, als sie ganz nahe der Blumenstraße angelangt waren, unruhig, blähte die Nasenflügel, schnupperte, kurzum, er nahm wieder die Witterung auf.

Bob hatte dem Chauffeur als Ziel das Haus Nr. 4 der Gartenstraße angegeben. Die Tafel auf dem Bauplatz gegenüber dem geheimnisvollen Haus in der Blumenstraße besagte, daß im Geschäft Gartenstraße 8 nähere Auskunft wegen der Verkaufsbedingungen erteilt würde; bis genau vor dieses Geschäft wollte Bob nicht fahren, da der kleine Detektiv ganz richtig die Kunst des Nichtauffallens als wichtigste aller Detektivkünste erkannt hatte, und so hielt denn das Auto zwei Häuser vor dem Geschäft.

Es erwies sich, daß die Gartenstraße in gleicher Richtung mit der Blumenstraße lief und von dieser nur durch einen Häuserblock getrennt war. Während sich in der Blumenstraße und in allen Nebenstraßen nur Villen und ganz vereinzelt auch villenähnliche Miethäuser befanden, machte die Gartenstraße einen weitaus weniger vornehmen Eindruck; sie wurde ausschließlich von hohen Miethäusern gebildet, die fast alle irgendwelche Geschäfte im Erdgeschoß beherbergten. Das Geschäft im Hause Nr. 8 war eine Konditorei, in der auch Kaffee und Tee ausgeschenkt wurden. Vorne diente das auf die Straße mündende Lokal nur zum Verkauf von Backwaren aller Art, hinter dem Verkaufsraum aber lag nach rückwärts ein mittelgroßes Zimmer mit mehreren Tischen – einem idealen Treffpunkt für Liebespaare. Bob freute sich jedenfalls, daß dieses Geschäft Süßigkeiten und nicht etwa Terpentin und Benzin führte; Troll schloß sich ganz seiner Meinung an, und beide verzehrten mit Behagen etliche Apfelkuchen und Schlagsahne.

Der schöne Junge mit den braunen Locken um das feine, mädchenhaft zarte Gesicht und der prachtvolle Hund – beide hatten die

Aufmerksamkeit der Ladenbesitzerin und des bedienenden Mädchens erregt, die denn auch immer wieder in dem Zimmer auftauchten, bald, um Kuchen zu bringen, dann, um abzuräumen, um ein Glas Wasser hinzustellen, um den Hund zu streicheln, um mit den Schürzen die Kuchenkrümmel vom Tische zu kehren, kurzum, um die unbekannten Gäste gründlich zu beschnuppern. Schließlich blieb die rundliche Frau stehen, um abermals den Hund hinter den Ohren zu krauen, und sagte dabei:

„Der junge Herr ist sicher nicht aus der Gegend hier, sonst hätte ich Sie schon einmal vorher gesehen."

Hocherfreut über diese Ansprache erwiderte Bob:

„Nein, bin zum erstenmal hier. Papa hat gehört, daß hier Auskunft über ein Grundstück in der Blumenstraße gegeben wird, und hat mich hergeschickt."

Die Frau, sie hieß Angerlein, schmolz vor Wonne, rückte einen Stuhl zu Bob heran und rief zur Verkäuferin, die ihre Nichte war:

„Mary, bring' mal die Papiere vom Hause Nr. 8 in der Blumenstraße!" und zu Bob: „Gleich hab' ich mir's gedacht, daß Sie nicht aus der Gegend hier sind, junger Herr, denn unsereins kennt ja alle Leute, die hier wohnen. Bin schon fünfundzwanzig Jahre am Platz und hab' hier schon mein Geschäft gehabt, als es nur wenige Häuser in der Gegend gab."

Bob gab sich kühl, gleichgültig, überlegen. Er nahm Einsicht in den Plan des Grundstückes, den Mary gebracht hatte und der mit Ziffern bedeckt war, studierte ihn scheinbar genau und sagte dann:

„Gute Frau, in dem Hause gegenüber wohnt wohl Herr Ludwig Miller mit seiner Frau und den Kindern, nicht wahr? Papa glaubt, daß er ihn kennt."

„Nein, junger Herr, keine Spur von einem Herrn Miller mit Frau und Kindern. In dem Hause gegenüber, das die Nummer 12 hat, wohnt ganz allein für sich der Doktor Frederic Morton. Hat keine Frau und keine

Kinder, sondern nur einen häßlichen Mulatten als Diener und dessen auch nicht viel schönere Schwester als Wirtschafterin."

„So," meinte Bob scheinbar gleichgültig, während seine Pulse klopften, „ist wohl ein Arzt, dieser Doktor Morton?"

„Nein, ist er nicht, wenigstens praktiziert er nicht. Sum und Sarah, die bei ihm sind, sagen, er sei ein großer Gelehrter, der seine Studien hier macht. Mehr ist aus ihnen nicht herauszukriegen! Wenn man sie ausfragen will, so werden sie grob und frech. Aber reich muß er sein, der Doktor Morton, er hat ein wundervolles Automobil."

„Einen Benz mit achtzig Pferdekräften," fiel Mary ein, die ununterbrochen bewundernd den schönen Knaben anstarrte.

„Ah, ja," sagte Bob, „hab' ja vorhin einen großen, weißen, offenen Wagen stehen gesehen."

„War nicht der von Doktor Morton, junger Herr; sein Wagen ist geschlossen und dunkelblau."

Bob lehnte sich in den Stuhl zurück, beobachtete scheinbar den Hund, der sich mit hündischer Inbrunst gerade kratzte, und sagte dann leichthin:

„So ein alter Sonderling, dieser Doktor Morton, wie man ihn von Dickens her kennt?"

„Nein," sagte Frau Angerlein, die nicht wußte, ob Dickens ein Ort oder eine Torte sei, und half dem Hunde beim Kratzen, „alter Sonderling kann man eigentlich nicht sagen. Hat noch ein sehr gutes Aussehen, kann kaum viel über fünfzig sein und genießt auch sein Leben, kommt gewöhnlich erst spät nachts heim. So um fünf Uhr herum fährt er immer mit dem Auto fort, wohl nach dem Klub."

Mary, ein recht hübsches, munteres Mädel, war anderer Ansicht. „Tante, das mit den Fünfzig glaube ich nicht. Einmal, vor ein paar Wochen, hab' ich ihn gesehen, wie er sich aus dem Fenster des Autos herausbeugte, da sah er wie ein richtiger Mummelgreis aus. Und das Stubenmädchen von Nr. 14 in der Blumenstraße hat mir auch einmal gesagt: ›Der Doktor Morton,‹ hat sie gesagt, ›bei dem kennt man sich gar nicht aus. Einmal könnte man ihn für vierzig oder noch jünger halten, und dann wieder gibt es Tage, wo er wie ein Siebziger aussieht. Wahrscheinlich schluckt er Arsen oder so etwas, was jugendlich macht.‹"

„Na," meinte Bob, „wozu braucht denn der Doktor Morton ein so großes Haus für sich allein? Wann hat er es denn gekauft? Gibt wohl große Gesellschaften?"

Frau Angerlein und Mary schüttelten die Köpfe und begannen lebhaft zu sprechen. „Eigens für sich hat er den Kasten vor fünf Jahren bauen lassen. Und kein hiesiger Architekt hat ihn gebaut, sondern einer aus Frankreich, den er sich kommen ließ. Von Gesellschaft keine Spur! Kein fremder Mensch betritt die Villa, immer sind die Fenster dunkel, und wenn aus der Nachbarschaft jemand einmal neugierig war und sich gerne die Einrichtung ansehen wollte, dann haben ihn der Sam und die Sarah angefaucht wie Wildkatzen."

Indessen war mehrmals die Ladentüre auf und zugegangen; das Hinterzimmer betrat jetzt ein Student mit einem holden Backfisch, die gar nicht erbaut darüber zu sein schienen, hier die Wirtin, einen Knaben und einen Hund zu finden, und da es auch schon auf halb fünf ging, zahlte Bob seine Zeche und ging, von den wohlwollenden Abschiedsgrüßen der Frau Angerlein und ihrer Nichte begleitet, die es sich nicht nehmen ließ, Troll noch einmal eine Makrone als Geschenk zu überreichen. Troll aber sah als wohlerzogener Hund erst seinen jungen Herrn fragend an und steckte den Leckerbissen nicht ins Maul, bevor Bob nicht sein zustimmendes „Nimm!" geäußert hatte. Bob schlenderte langsam durch die Blumenstraße und mußte Troll strenge zu sich rufen, da der Hund sich vom Gitter des Hauses Nr. 12 nicht entfernen wollte. Troll folgte schließlich, sah ihn aber verwundert und verärgert an, als wollte er sagen: „Du zwingst mich, tagelang an einem Strumpf zu riechen, rennst mit mir in der Hitze umher, so daß meine Hundeseele stöhnt, und endlich, wo ich die Geruchsquelle entdeckt habe, darf ich ihr nicht nachjagen! Was sind das für Ungereimtheiten?"

Dem Knaben wirbelten die Gedanken im Kopfe herum. Was für Geheimnisse barg dieses verschlossene Haus? Wer war Doktor Morton? Was konnte er von einem armen, kleinen Mädchen wollen? Befand sich Gertie lebend in der Villa des Mannes, der nie jemanden bei sich empfing und einmal alt und dann wieder jung aussah? Oder – aber das mochte er gar nicht ausdenken. Und was sollte nun geschehen? Wieder zur Polizei rennen und dem Herrn Crispin von Erlebnissen erzählen, die eigentlich gar keine Erlebnisse waren? Herr Crispin würde ihn diesmal auslachen und seinen Vater anrufen. Und dann würde sein Vater furchtbar böse werden und ihn sofort aufs Land schicken und jedenfalls dafür sorgen, daß sein Junge nicht mehr die Straße betrat. Nein, er mußte allein, nur mit Hilfe Trolls, der Spur nachjagen, mußte allein das Geheimnis des Doktor Morton und seines Hauses ergründen!

XIX. Kapitel
Doktor Frederic Morton

Voll Unruhe, und von einer Nervosität erfüllt, die dem frischen, gesunden Knaben bis dahin unbekannt war, zog Bob unauffällig die Blumenstraße hinauf und hinunter, dabei aber immer wieder vor- oder zurückblickend, um das Haus nicht aus den Augen zu lassen.

Jetzt regte es sich dort. Rasch eilte Bob bis zu dem Nebenhause. Eine lange, dürre Frau, die das Negerblut noch deutlicher verriet als ihr Bruder, war damit beschäftigt, das Gartenportal aufzuschließen und beide Flügel zu öffnen. Bob wußte sofort, was dies zu bedeuten habe. Im nächsten Augenblick würde Doktor Morton seine Ausfahrt antreten. Und richtig, kaum war das Gartenportal offen, als sich auch scheinbar automatisch die Eisentüre des unten und neben der Treppe befindlichen Automobilschuppens beiseite schob und das große, fürstliche, blaue und geschlossene Automobil des Doktor Morton herausfuhr. Langsam fuhr es den Kiesweg im Garten entlang, geschickt wurde es aus dem Gartentor herausgesteuert und bog nun an Bob vorbei in die Straße ein. Die beiden Fenster der Karosserie waren heruntergelassen, so daß Bob blitzschnell einen flüchtigen Blick auf Doktor Morton werfen konnte. Ein glattrasiertes Gesicht mit scharfem Profil, graue, kalte Augen – das war alles, was Bob gesehen hatte. Nicht genug, um sich ganz ein Bild von ihm zu machen, aber genug, um sich die Züge einzuprägen und die eisigen Augen nicht zu vergessen.

Nun galt es zu handeln, nicht den Bruchteil einer Sekunde zu verlieren, denn schon hatte der riesige Mulatte, der jetzt Chauffeur war, angekurbelt, so daß der Wagen pfeilgeschwind dahinglitt. Ein Blick auf die Frau, die sorgsam das Portal verschloß, dann ein paar mächtige Sätze hinter dem Auto her, und mit einem Ruck hatte sich der Knabe auf das rückwärtige Ende des Laufbrettes geschwungen, so daß er nun keuchend hinter dem offenen Fenster stand, während Troll lautlos dem Wagen nachjagte. So war es am besten, überlegte Bob. Was konnte weiter geschehen? Schlimmstenfalls würde Doktor Morton sich aus dem Wagenfenster beugen, nach rückwärts schauen und ihn entdecken. Dann würde er ihn eben für einen Gassenjungen halten, der sich das Vergnügen einer Freifahrt leistet, und er könnte abspringen. Einen Polizisten, der ihm drohend winken würde, könnte er durch eine herausgestreckte Zunge abtun. Aber nichts dergleichen geschah. Mit Windeseile sauste das Auto dahin, so daß Troll längst nicht mehr mitkam, sondern weit, weit zurückblieb. Bob tat dies furchtbar leid, aber es ließ sich nicht ändern. Er empfand, daß es jetzt um Tod und Leben gehe, um alles oder nichts. Und Troll würde eben schließlich beleidigt den Weg nach Hause antreten.

Das Auto des Doktor Morton hatte die Altstadt erreicht, fuhr jetzt etwas gemäßigter und hielt bald vor dem prunkvollen Palast des Lunaklubs, den Bob vom Hörensagen und aus Zeitungsberichten als einem der vornehmsten Spielklubs der Hauptstadt kannte. Rechtzeitig war Bob abgesprungen und pfeifend stand er vor einer Auslage des Hauses neben dem Klubgebäude. Was aber nun? Doktor Morton war oben im Klub, Bob unten auf der Straße – damit war nichts geschehen. Und der unheimliche Doktor Morton würde bis spät nachts im Klub bleiben, also konnte er nicht auf ihn warten. Bob runzelte die Stirne: „Ach was," sagte er sich, „nun heißt es frech sein, sehr frech sogar. Ich werde in den Klub gehen!

Einen Erwachsenen würde man nicht einlassen, einen kleinen Jungen vielleicht. Ja, wenn er es geschickt anstellt." Und angestrengt dachte er nach, wie es am geschicktesten anzustellen wäre. Hatte er nicht neulich seinem Vater am Sonnabend in den Klub der Industriellen Theaterkarten bringen müssen? Wie war er an dem Portier vorbei hineingekommen? Sehr einfach; er hatte dem Portier, der ihn fragend angesehen, gesagt, er suche seinen Vater auf, worauf der Portier genickt hatte. Und Bob hatte damals nachher lachen müssen, weil ihm eingefallen war, daß er seinen, beziehungsweise seines Vaters Namen gar nicht genannt hatte. Also konnte es ebenso auch hier versucht werden und im schlimmsten Falle mißglücken.

Gerade aber, als Bob mit der Hand seinen Rock abstaubte und seinen Schlips ordnete, erlebte er eine freudige Überraschung. Mit langen Sätzen kam Troll angerannt, sprang an ihm herauf und leckte ihm unter jubelndem Gebell das Gesicht. Bob klopfte zärtlich das dampfende, erschöpfte Tier ab, hieß ihn ruhig warten und betrat das Portal des Lunaklubs.

Breitspurig stand der Portier in goldbetreßter Uniform da und musterte von oben herab den Knaben, der aufrecht und sicher an ihm vorbei zur Treppe ging. Mit geübtem Auge stellte er fest, daß dieser gut gekleidete kleine Herr sicher der Sprößling einer vornehmen Familie sei, und so fragte er denn, stramm an den Mützenrand greifend:

„Wohin, bitte?"

„Mein Vater ist oben," erwiderte er kaltblütig und ging, ohne eine weitere Entgegnung abzuwarten, scheinbar gemächlich, in Wirklichkeit klopfenden Herzens, die Treppe empor.

Uss! Nun war er oben und lief, da er an dem Zerberus glücklich vorbeigekommen war, kaum noch Gefahr, aufgehalten zu werden. Ohne lange zu zögern, drückte er die schwere Bronzeklinke der mächtigen Eichenholztüre herab, die ihm gegenüber lag, und betrat einen Saal, in dem an mehreren kleinen Tischchen Karten gespielt wurde. Die Spieler schauten kaum auf, und da Bob hier den Doktor Morton nicht sah, ging er durch zwei anstoßende Räume, in denen Billard, Schach, Domino und wieder Karten gespielt wurde. Das letzte Zimmer, das er betrat, war ein Herrensalon mit mächtigen Klubsesseln und schönen Kupferstichen an der Wand, mit Schreibtischen und einem Regal voll Zeitungen und Büchern. Um den Tisch herum in der Mitte des Zimmers saßen mehrere Herren und einer von ihnen war Doktor Frederic Morton. Bob hatte ihn sofort wiedererkannt und ging nun auf dem weichen Teppich fast unhörbar und so geschickt an der Wand entlang zum Zeitungsständer, daß ihn niemand von den Herren, die in eifriger Unterhaltung begriffen waren, bemerkte. Mit raschem Blick hatte der Junge die verschiedenen Zeitungen, die in Rahmen gespannt ordentlich nebeneinander hingen, geprüft, nahm eine jener riesigen holländischen Zeitungen, die man ganz gut auch als Bettdecken verwenden könnte, setzte sich lautlos auf einen niedrigen Ledersessel, versteckte sich fast ganz hinter der Zeitung und hatte so bequem Gelegenheit, über ihren Rand hinweg Doktor Morton zu beobachten und der Unterhaltung der Herren zu lauschen.

Durchaus nicht furchterregend sah dieser merkwürdige Doktor Morton aus. Unbedingt ein schöner Mann von etwa fünfzig Jahren, ein Cäsarenkopf mit auffallend frischer Gesichtsfarbe, die Haare ergraut, aber dicht, das Kinn eckig und scharf, und im Verein mit der ein wenig gewölbten Nase und der wuchtigen Stirn Energie und Geist verratend. Aber die Augen! Doktor Morton sah eben seinen Nachbar, der an ihn das Wort gerichtet hatte, scharf und voll an, und Bob schrak zusammen. In ihrem wasserhellen Grün erinnerten die Augen an das Meer, aber sie waren nicht bewegt wie dieses, sondern starr und kalt wie Eis, durchdringend, bohrend wie eine Messerspitze, und der Knabe, der noch so weit von jeder Menschenkenntnis war, empfand unwillkürlich, daß kein guter Mensch solche Augen haben könnte. Und er sagte sich: Wenn ich mit diesem Manne sprechen müßte, so hätte ich nicht den Mut, ihn anzulügen, weil ich glauben würde, daß er mir ins Herz hineinschaut.

Doktor Morton richtete jetzt seinen Blick in die Ecke, in der Bob saß, so daß dieser wieder ganz hinter der Zeitung verschwand und nunmehr angestrengt der Unterhaltung der Herren lauschte. Ein Herr in mittleren

Jahren mit einem Monokel sagte eben zu Morton gewandt: „Wirklich ein beneidenswertes Leben, das Sie führen, Doktor Morton! Vormittags basteln Sie ein bißchen in Ihrem Studierzimmer herum, den Nachmittag und Abend verbringen Sie in unserer netten Gesellschaft, und nachts – na, ich bin überzeugt davon, daß Sie, wenn Sie nicht zu Hause sind, ganz gut die Nacht um die Ohren zu schlagen verstehen. Wenn ich dagegen mein Rackerleben betrachte! Sein Gut bewirtschaften, sich mit dem Inspektor herumschlagen, die ödesten Sitzungen im Landtag mitmachen müssen und nebenbei zu Hause den braven Familienvater spielen – brrr!"

Doktor Morton lachte kurz und scharf auf. „Sie irren, verehrtester Herr Baron! Ich bastle nicht in meinem Studierzimmer herum, sondern betreibe sehr ernsthafte Forschungen! Und es gibt einsame Stunden genug, in denen ich das Haus, das ich gebaut habe, zum Teufel wünsche und am liebsten auf und davon möchte."

„Woran Sie doch niemand hindert, Doktor!" ließ sich ein jüngerer, aber sehr behäbiger Herr vernehmen. „Materiell sind Sie ja wohl ganz unabhängig, da wissenschaftliche Forschungen, soviel ich weiß, nicht gerade viel Gold einzubringen pflegen. Also können Sie sich jeden Augenblick auf die Bahn setzen und irgendwohin nach dem Süden oder Norden, nach China oder Indien gondeln. Ich würde es auch so machen, wenn ich in Ihrer beneidenswerten Lage wäre."

Morton schwieg eine Sekunde, um dann trocken zu erwidern: „Jetzt kann ich wegen meiner Experimente nicht fort. Und dann bin ich auch genug in der Welt herumgewesen, so daß mich das Reisen kaum noch reizt. Später vielleicht wieder"

Ein Herr mit der schnarrenden Stimme des aristokratischen Offiziers unterbrach ihn: „Apropos, lieber Doktor Morton. Neulich war mein alter Herr hier in der Stadt, um ein Mittel gegen Kalk und ähnliche angenehme Chosen zu suchen, und als ich ihm bei einem höchst langweiligen Abendessen von unserem Klub erzählte und auch auf Sie zu sprechen kam, da sagte er, daß er vor etwa vierzig Jahren einen Doktor Frederic Morton in Schanghai kennengelernt habe. Sie können das nun natürlich nicht sein, weil sie damals wohl noch kaum die Schulbank gedrückt haben. Aber vielleicht ein Verwandter von Ihnen."

„Jawohl, mein verstorbener Onkel, der so wie ich hieß und auch bald da und dort in der Welt herumreiste. War übrigens von Beruf Arzt wie ich. Das heißt, Arzt darf ich mich ja nun wohl nicht nennen. Wenigstens habe ich noch nie einen Patienten gehabt. Aber meinen Doktorhut habe ich als Mediziner doch erworben."

Der behäbige Herr lachte breit und behaglich: „Das glaube ich, daß Ihnen, lieber Kapitän, das Abendessen mit dem alten Herrn nicht gerade sehr unterhaltend erschien. Ihre schöne Lolo war wohl nicht mit dabei? Wenn ich mich daran erinnere, wie das Mädel damals im Astorhotel mit den Beinen in je einem Sektkübel stand und dabei beide Flaschenhälse im Munde hielt – famoser Kerl das! Und die Beinchen – na, ich muß sagen!"

Die Geschichte von der Dame mit den beiden Beinen in den Sektkübeln kam Bob so spaßig vor, daß er unwillkürlich die Zeitung hatte sinken lassen, um den Sprecher anzublicken. Und plötzlich fielen alle Blicke auf ihn und der dicke Herr rief verwundert:

„Nanu, wohl das jüngste Mitglied des Lunaklubs. Was machen Sie denn hier, holder Knabe?"

Eine Sekunde nur setzte der Herzschlag des Knaben aus, dann sprang er in die Höhe, schwenkte geschickt die Zeitung so, daß man nicht länger sein Gesicht sehen konnte, und lief mit den Worten:

„Ich warte auf Papa, er wird wohl schon gekommen sein!" aus dem Zimmer.

Eine Minute später war er unten bei Troll, der freudig an ihm mit den unerläßlichen Küssen in die Hohe sprang.

XX. Kapitel

Bob schmiedet Pläne

Es ereignete sich der immerhin seltene Fall, daß ein dreizehnjähriger Knabe, statt sich zu Bett zu legen, in seinem Zimmer bis Mitternacht auf und ab ging, um nachzudenken. Wenigstens pflegen Kinder das sonst nicht zu tun. Denn das eigentliche Nachdenken, das Grübeln und Überlegen, ist ein Vorrecht der Erwachsenen, die oft genug aus den Wirrnissen des Lebens nicht ein und aus wissen und dann mit den Händen in den Hosentaschen im Zimmer oder auf der Straße herumlaufen, um eine gewisse Logik in Gedanken und Geschehnisreihen zu bringen. Man kann sogar sagen, daß diese Form des Nachdenkens eine Angelegenheit der Männer ist, denn nur selten pflegt es einem weiblichen Wesen einzufallen, im Zimmer auf und ab zu gehen oder die Straße entlangzulaufen, um nachzudenken. Sie pflegen dazu lieber einen Schaukelstuhl zu benützen, und es geht auch, oder es geht auch nicht.

Bob aber lief wie ein kleiner Mann in seinem Zimmer einher, weil es ihm ganz wirr im Kopf war und er die Bewegung brauchte, um den Knäuel im Gehirn zu entwirren. Schließlich entwickelte der kleine Detektiv, der aber nicht wie in Kriminalromanen dieses schwierige Handwerk aus Passion betrieb, sondern aus tiefem Schmerz und voller Verzweiflung, zwei Gedankenreihen, deren eine in der Frage: „Was weiß ich?“, die andere aber in der Frage: „Wie komme ich in das Haus des Doktor Morton?“ gipfelte.

Was weiß ich? Ich vermute vieles und weiß wenig, sagte sich Bob. Ich weiß, daß mein guter Hund, nachdem er tagelang vergeblich den Strumpf meiner Gertie beschnuppert, plötzlich diesen Strumpf im Zusammenhang mit einem Mulatten gebracht hat, der Sam heißt und Diener bei Doktor Morton in dem Hause Blumenstraße 12 ist. Des weiteren weiß ich, daß Gertie und ich unmittelbar vor dem Verschwinden des Mädchens mit diesem Sam zusammengestoßen sind. Ich vermute nun, daß Troll sich nicht geirrt hat, sondern der Mulatte Sam noch immer in Berührung mit Gertie steht. Daß also Gertie sich im Hause des Doktor Morton befindet oder befand. Diesem Wissen und Vermuten steht aber anderes gegenüber: Ich weiß, daß Doktor Morton Mitglied eines vornehmen Klubs, ein reicher und gelehrter Herr ist. Und ich weiß, daß reiche und gelehrte Herren Kinder weder zu essen noch zu verkaufen pflegen; was also sollte Doktor Morton mit Gertie machen? Welches Interesse könnte er an ihr haben? Das arme, süße Mädel zu rauben, zu töten, oder vor ihrer unglücklichen Mutter zu verbergen? Allerdings, ich bin noch sehr jung, und es gibt viele Dinge, die ich noch nicht verstehen kann. Professor Brummel hat wohl recht, wenn er sagt; man muß das Leben von Grund aus kennen, um es richtig zu verstehen. Ich verstehe ja auch nicht, warum dieses Mädchen, das Lolo heißt, in zwei Sektkübeln stand und aus zwei Flaschen auf einmal trank, und warum solche Unart dem dicken Herrn so gefallen hat. Und was er über die Beine dieser Dame sagte, verstehe ich erst recht nicht. Beine hat schließlich jeder Mensch. Allerdings hat zum Beispiel Gertie sehr schöne Beine. Das hat einmal auch Mama zu Papa gesagt. Und viele andere kleine Mädchen haben häßliche und plumpe Beine. Wie aber komme ich in das Haus des Doktor Morton, so daß ich mich gründlich umsehen kann? Was immer ich auch tun würde, dieser Sam oder seine Schwester Sarah werden mich nicht hineinlassen. Ich kann doch unmöglich zu Doktor Morton gehen und ihm sagen: Sie, ich möchte in Ihrem Hause nach Gertie suchen! Ich glaube, er würde mich umbringen. Aber eines ist sicher: ich muß unbedingt in das Haus, weil ich mich überzeugen muß, ob Gertie dort ist. Man sagt: „Wo ein Wille, da ist auch ein Weg.“ Nun, ich habe den eisernen Willen und muß auch den Weg finden.

Aber schließlich wurde der arme kleine Junge so müde, daß ihm ganz wirr im Kopf war, und so legte er sich denn endlich nieder und schlief schwer und traumlos, bis ihn Troll nach gewohnter Weise kurz vor acht Uhr weckte. Troll machte dies sehr einfach, indem er mit einer Pfote die Türklinke niederdrückte, sich zum Bette des Knaben begab und mit den Zähnen die Decke von ihm fortzog. Wachte Bob dann noch nicht auf, so leckte ihm Troll die Fußsohlen ab, was sich immer als höchst wirksam erwies.

Die Glutwelle, die nun schon viele Tage lang die Stadt umfangen hielt und ihre Bewohner in die Berge und an die See trieb, hatte in dieser Nacht einem warmen, sommerlichen Regen Platz gemacht. Als Bob zum Fenster hinausguckte, war die Welt mit grauen Fetzen behangen und der Regen rieselte unermüdlich vom grauen Himmel auf die grauen Straßen nieder. Sonst pflegte solches Wetter bei Bob heftigen Unmut auszulösen, da dann die Gefahr bestand, daß er seinen Bücherschrank gründlich in Ordnung bringen und Gertie an die langweilige und prosaische Arbeit des Strümpfestopfens gehen mußte. Aber heute war das alles anders. Gertie war fort, wer weiß wo, und sein Bücherschrank befand sich in tadelloser Ordnung, da er ihn seit vierzehn Tagen nicht mehr geöffnet hatte. Und überdies paßte der Regen ihm sehr in den Kram, da er dadurch Gelegenheit fand, mit dem alten invaliden Parkwächter Matthias ungestört zu sprechen.

So war es auch. Der Alte hatte sich in den Geräteschuppen verkrochen und rauchte eben mürrisch seine Pfeife, als ihn Bob in dem menschenleeren Park aufsuchte. Sofort erhellte sich nun allerdings seine Miene, er lud Bob ein, auf der umgestürzten Karre neben ihm Platz zu nehmen, und fragte bedächtig:

„Na, junger Herr, bringen Sie Neuigkeiten?“

Bob nickte. „Jawohl, große Neuigkeiten, Herr Matthias, ich bin Gertie auf der Spur.“

Matthias zog die Augenbrauen hoch. „Na, na! Daß es uns nur nicht wieder so geht wie vorher!“

„Nein, Herr Matthias, diesmal glaube ich fest daran. Und übrigens war gar nicht ich es, der die Spur gefunden hat, sondern Troll.“ Troll bellte bestätigend kurz auf, und Bob erzählte nun alles, was der Tag vorher ihm gebracht hatte.

Der Alte wiegte bedächtig den Kopf. „Scheint was daran zu sein, möchte selbst nicht glauben, daß das mit dem Mulatten nur Zufall ist. Und Troll hat eine gute Nase, das muß ein Blinder sehen und ein Tauber hören. Aber was nun, junger Herr? Wie wollen wir an den Doktor Morton, oder wie der Satan mit seiner schwarzen Brut heißt, heran?“

„Ja, das ist die Frage; ich glaube aber, wir sollten das zusammen mit der lieben Frau Krikl beraten. Sie ist eine kluge Frau und hat mich und Gertie gern, und Troll, der ja eigentlich ihr gehört, weil sie mir das Geld für ihn gab, erst recht! Wie wäre es, Herr Matthias, wenn wir gleich mal zu ihr gehen würden? Ich bin überzeugt, daß es Frau Krikl sehr freuen wird, Ihre Bekanntschaft zu machen.“

Matthias sah recht zweifelnd auf seine alte, abgetragene Uniform hinab und brummte: „Möchte nicht darauf schwören, daß es die gute Dame gar so freuen wird, einen alten Soldaten wie mich kennen zu lernen. Und außerdem darf ich mich eigentlich gar nicht von hier entfernen. Aber verdamm' mich, ich tue es doch! Kommt eh' keine Menschenseele bei dem Hundewetter in den Park, sogar den Liebespärchen ist es heute zu naß.“

Bob begriff das vollständig und dachte, daß er und Gertie heute auch kein sonderliches Vergnügen daran haben würden, im Freien spazierenzugehen, und so pilgerten sie denn, Bob in seiner Regenhaut wie ein junger Prinz aussehend, der Alte schäbiger als je einherhumpelnd, und Troll, gleichmütig und selbstbewußt, wie es einem Hunde mit zehn Ahnen geziemt, zu Frau Krikl. Bob hatte recht gehabt. Die alte Dame freute sich entschieden, die Bekanntschaft des Invaliden zu machen, was eigentlich nur selbstverständlich war, da sie den kleinen Jungen vergötterte und deshalb alles das, was er tat und liebte, für gut hielt und ebenfalls verehrte. Sogar der Papagei setzte eine freundliche Miene auf und begrüßte die drei mit einem schallenden: „Hallo, guten Morgen, Gesindel.“

Frau Krikl erwies sich durchaus als Dame von Welt und Menschenkenntnis. Für Bob brachte sie ein duftendes Honigbrot nebst einem Stück Schokolade herbei, der Invalide, der sich respektvoll auf die äußerste Stuhlkante gesetzt hatte, bekam ein ordentliches Glas Kognak nebst einem Käsebrot vorgesetzt und Troll labte sich an einer Wurst. Und nun erzählte abermals Bob ausführlich mit allen Einzelheiten von der Jagd hinter dem Mulatten Sam, von dem, was er über Doktor Morton erfahren, und seinem Aufenthalt hinter der holländischen Zeitung im Lunaklub.

Frau Krikl lauschte mit atemloser Spannung und als Bob fertig war, rannen ihr Tränen der Ergriffenheit über die hageren Wangen.

„Bobbie, mein süßer Junge," rief sie, „du bist klüger als die ältesten Leute! Wie geschickt hast du das in dem Klub gemacht; wirklich, dieser lederne Sherlock Holmes könnte von dir lernen!"

Schon aber tauchte wieder die bange Frage auf: „Was nun?" und peinliche Minuten des tiefsten Schweigens kamen, da sich alle den Kopf zerbrachen, ohne zu einem Ergebnis zu kommen. Frau Krikl erbot sich, das Haus des Doktor Morton aufzusuchen, um dem Mulatten wahrzusagen. „Wie eine Hexe sehe ich ohnedies aus," sagte sie, wehmütig lächelnd, „und diese ungebildeten halben Heiden sind abergläubisch und lassen sich für ihr Leben gern weissagen."

Der Vorschlag wurde ernstlich in Erwägung gezogen, aber schließlich von Bob verworfen.

„Hätte wenig Zweck, Tante Sibylle, bestenfalls kämst du in das Dienerzimmer und nicht weiter. Wahrscheinlich aber auch das nicht, denn wenn dieser Doktor etwas zu verbergen hat, so werden die Mulattin und ihr Bruder sicher genau darauf achten, daß sich niemand unbefugt einschleicht, denn dieser Herr Morton sieht mir ganz darnach aus, als ob man gründlich Angst vor ihm haben würde, wenn man sein Untergebener ist. Aber vielleicht könnte sich Herr Matthias unter einem guten Vorwand als Polizeimann verkleidet in das Haus begeben."

Diesmal erhob der alte Parkwächter energisch Einspruch. „Junger Herr, verlangen Sie von mir, was Sie wollen! Wenn dadurch das liebe, blonde Ding gefunden wird, so bin ich bereit, mich von dem Mulatten zu Brei zerhacken zu lassen. Aber als Polizist verkleiden – nee, das gibt's nicht! Das wäre Anmaßung eines behördlichen Titels, Betrug, Hausfriedensbruch, und ich will Ihnen nur sagen, daß ich gerne sterben, aber nicht meine alten Tage im Gefängnis beschließen will! Nee, verlangen Sie das nicht von mir!"

Bob mußte ihm recht geben, und Frau Krikl sprach den Wunsch aus, man solle nichts tun, was gegen die Gesetze verstieße. Und nun fiel allen dreien wieder nichts ein. Bob sah düster durch das offene Fenster auf die Straße hinaus, und eine grenzenlose Mutlosigkeit überkam ihn. Sein Blick fiel auf einen Schornsteinfeger, der eben in das Haus gegenüber trat. Da flog ein Einfall durch seinen Kopf, dem er auch sofort Ausdruck gab.

„Wenn man sich als Kaminfeger verkleiden würde, könnte man am besten in das Haus kommen."

Der Invalide sprang so jäh auf, daß ihm Joko ein wütendes „Halt's Maul!" zurief und auch Troll aus seinem gesättigten Halbschlummer erschreckt erwachte.

„Junge, Junge, das hat dir der liebe Herrgott eingegeben! Schornsteinfeger, das wäre so ein Gedanke! Und läßt sich vielleicht machen, denn mein Neffe, der Sohn meiner Schwester selig, ist Schornsteinfegermeister! Wenn der will, so klappt die Geschichte!"

„Er muß wollen!" schrie Bob erregt, „und er muß mich als Lehrling mitnehmen."

Nur Frau Krikl schien vorerst nicht begeistert. Sie begann zu schluchzen: „Bobbie, was kann aber daraus werden! Wehe, wenn du entdeckt wirst, dann ist es um dich geschehen und ich sehe dich nicht wieder."

„Unsinn, Tante Sibylle," beruhigte sie Bob, dessen Wangen glühten; „tauchen der Herr Schornsteinfeger und ich nach einer Stunde nicht auf, dann weißt du, daß wir in Gefahr sind, und alarmierst eben die Polizei!"

Und nun wurde alles genau besprochen, und es galt nur noch die Einwilligung des Schornsteinfegers einzuholen. Das schien nicht so leicht, denn der hatte bis abends zu tun, kleidete sich dann zu Hause nach gründlicher Reinigung um und war erst gegen neun Uhr abends im Wirtshaus „Zum lustigen Zecher" ordentlich zu sprechen. Bob dachte angestrengt nach, dann leuchteten seine Augen auf. „Es paßt ganz gut heute, Herr Matthias! Vater und Mutter sind auf ein Gartenfest bei Konsul

Hallstadt geladen und werden sicher nicht vor Mitternacht zurückkehren. Also kann ich mich nach dem Abendessen leicht fortschleichen."

Kleine pädagogische Bedenken waren bald zerstreut, und es wurde verabredet, daß der Parkwächter um neun Uhr abends Bob an dem Parkeingang erwarten solle, und weiter wurde verabredet, daß Tante Krikl zur kritischen Zeit, wenn der Plan ausgeführt werden sollte, mit Matthias in der Konditorei in der Gartenstraße warten würde, um im Notfalle Hilfe zu holen.

Nie im Leben hatte Bob gewußt, daß Stunden so langsam verrinnen könnten wie an diesem Tage. Sicher, es gab für einen Jungen oft genug Stunden des Harrens und Bangens, so vor der Zeugnisverteilung oder am Weihnachtsabend, bevor man in das Zimmer mit dem Christbaum hereingelassen wurde, aber das alles war nichts gegen den schleppenden Gang dieses Nachmittags und Abends. Endlich, gegen halb neun Uhr verabschiedete sich Vater und Mutter in festlicher Toilette von ihrem Jungen, der nun rasch sein Abendbrot hinunterwürgte, dann dem Personal „Gute Nacht!" sagte, sich auf sein Zimmer begab, um dieses nach wenigen Minuten leise und vorsichtig, diesmal ohne Begleitung Trolls, der sich wie gewöhnlich vor der Tür zu Bobs Zimmer niederlegen mußte, zu verlassen. Und vor dem Park stand auch schon Matthias und wartete.

Die Untergrundbahn brachte sie rasch nach dem Vorort, in dem der Schornsteinfeger Peter Möller wohnte und in dem auch das Wirtshaus „Zum lustigen Zecher" lag, und für Bob war das ein historischer Tag, denn zum erstenmal in seinem Leben betrat er, und noch dazu zu nachtschlafender Zeit, ein richtiges Wirtshaus, in dem getrunken, geraucht, geflucht und gespuckt wurde. Herr Möller, ein blonder, sympathischer, blauäugiger Herr in mittleren Jahren, dem jetzt sicher niemand seinen schwarzen Beruf angemerkt hätte, saß im Kreise anderer ehrsamer Gewerbetreibender an seinem Stammtisch und machte riesig große und kugelrunde Augen, als er seinen Onkel Matthias mit einem allerliebsten, kleinen Jungen hereinkommen sah.

Herr Matthias winkte ihn heran, stellte vor, bestellte drei mächtige Gläser Bier – Bob hätte niemals gedacht, daß ein Mensch aus derartig großen Krügen trinken könnte – und die schicksalsschwere Unterredung begann.

Herr Matthias sagte: „Peter, du weißt, daß ich kein Freund von verrückten Geschichten bin und mein ganzes Leben lang ein ordentlicher Mensch war. Wenn wir dir jetzt also eine Geschichte erzählen werden, die wie ein Märchen klingt, so darfst du nicht glauben, daß wir nur in die Vorstadt und hieher ›Zum lustigen Zecher‹ gekommen sind, um dir einen Bären aufzubinden, sondern du mußt, bevor du zu fluchen anfängst, immer mich anschauen und dir sagen: Da sitzt mein Onkel Jochen Matthias, und der ist kein Lügner und kein Aufschneider. Und jetzt stelle ich dir nochmals diesen jungen Herrn da vor, Bob Holgerman, den Sohn des Fabrikbesitzers Holgerman, bei dem du vielleicht schon die Essen gekehrt hast."

Peter Möller nickte selbstbewußt und spie kunstgerecht an der Schulter des Onkels vorbei in einen Spucknapf.

„Dieser junge Herr, der mein Freund ist, ist ein wundervoller, kleiner Kerl, doppelt so klug als lang, und er hat einen großen Schmerz und dann ein paar wunderbare Sachen erlebt und wird dir jetzt selbst alles erzählen."

Bob, der in verschiedenen Geschichten gelesen hatte, daß man sich vor Beginn einer längeren Rede zu räuspern pflegt, tat desgleichen und erzählte dem biederen Schornsteinfeger, der so aufmerksam zuhörte, daß sein Bier warm wurde, alles vom Anfang bis zum Ende. Und er schloß mit den Worten: „Lieber Herr Möller, Sie sind der Mann, der mir helfen kann, wenn er will! Ich weiß, daß das viel verlangt ist, und Sie hätten ein gutes Recht, mit mir grob zu werden, aber bedenken Sie, daß es sich um ein liebes, kleines Mädchen und um einen gräßlichen Schurken handelt, und daß eine arme Frau sich zu Tode grämen wird, wenn ihr Kind nicht wiederkommt. Und noch eines, Herr Möller: Die Polizei hat eine hohe Belohnung ausgesetzt und mein Vater ebenfalls. Wenn Sie mir helfen wollen und wir Gertie finden, so gehört die halbe Summe Ihnen, ich sage die halbe und nicht die ganze, denn auch ich brauche dann Geld, einerseits, um Gertie etwas sehr Schönes, eine Puppenküche mit Nickelgeschirr oder gar ein ledernes Lamm zu kaufen, und anderseits möchte ich der guten Frau Krikl das geborgte Geld zurückgeben. Und dann ißt auch Gertie sehr gerne mit Schokolade überzogene Mandeln, die sehr teuer sind."

Peter Möller trank jetzt sein Glas auf einen Zug aus, setzte es dann schwer und wuchtig nieder, schlug mit der Faust auf den Tisch und sagte:

„Gott verdamm' mich und lass' mich niemals mehr in einen Schornstein kriechen, wenn ich Ihnen nicht helfen will, junger Herr! Nicht der Belohnung wegen, obwohl ich gegen Geld niemals einen Haß gehabt habe, sondern wegen des kleinen Mädchens! Himmel noch einmal, meine Mary ist jetzt vier Jahre alt und hat auch blonde Locken, und wenn ich denke, daß ihr einmal so etwas zustoßen könnte, dann möchte ich gleich aus der Haut und dem Schurken an die Gurgel fahren! Junger Herr, wir machen die Sache! Was kann uns geschehen? Ihnen gar nichts, weil Sie noch zu jung sind, und auch mir nicht viel. Wir dringen ja nicht gewaltsam ein, also ist von Hausfriedensbruch keine Rede. Höchstens, daß ich wegen groben Unfugs auf ein paar Tage ins Loch komme! Na, läßt sich auch ertragen!"

Und nun wurde der Feldzugsplan in allen Einzelheiten besprochen.

Um vier Uhr nachmittags hatte Bob bei Meister Möller anzutreten, wo er als Schornsteinfegerlehrling angekleidet werden sollte. Und dann würde es zu Fuß nach der Blumenstraße gehen, wo man nach fünf Uhr, wenn Doktor Morton mit dem Mulatten fortgefahren wäre, nach bestimmtem Plane das geheimnisvolle Haus betreten wollte.

Es war inzwischen halb zwölf geworden. Bob hatte zum erstenmal einen kleinen Schwips, da er Bier nicht gewohnt war, und er beeilte sich, mit Hilfe einer Autodroschke rasch nach Hause zu kommen, bevor die Eltern da wären.

Alles ging gut, und ungesehen und ungehört kam er in sein Zimmer, vor dem ihn Troll schweifwedelnd und mit allen Zeichen namenloser Hundefreude erwartete. Bob schlief in dieser Nacht sehr unruhig, die fieberhafte Erwartung der kommenden Abenteuer ließ ihn immer wieder auffahren, und einmal träumte er, daß er und Gertie, beide weiß gekleidet, auf einer riesigen Leiter durch einen Schornstein geradeswegs in den Himmel kletterten.

Am nächsten Vormittag stattete Bob der kranken Frau Sehring einen Besuch ab. Er setzte sich an ihr Lager, streichelte die weiße, kraftlose Frauenhand, beugte sich über die unglückliche Mutter und sagte leise: „Frau Sehring, ich kann Ihnen noch nichts Näheres sagen, aber ich glaube, wir werden Gertie bald wiederhaben! Halten Sie mir Nachmittag die Daumen, Frau Sehring, es ist ein wichtiger Tag; ich hoffe, daß wir heute noch alles wissen werden. Der Arzt würde sicher meinen, ich hätte Ihnen das nicht sagen sollen, weil es Sie aufregt, aber ich denke, daß ein wenig Hoffnung nicht schaden kann."

Jäh richtete sich Frau Sehring in ihrem Bette auf und beschwor den Knaben, ihr alles zu sagen. Aber Bob blieb fest.

„Es geht nicht, Frau Sehring, weil sonst alles fehlschlagen könnte. Ich weiß ja auch gar nicht, ob unsere Gertie noch am Leben ist. Aber ich meine, wir alle müssen endlich Gewißheit haben, weil wir es sonst nicht mehr ertragen könnten."

Da sah Frau Sehring dem Knaben in die großen, dunklen, umschatteten Augen, sie sah, wie eingefallen die sonst so runden Kinderwangen waren, sie sah, wie es schmerzlich um seinen Mund zuckte, und sie zog seinen Lockenkopf an ihr dumpf und unregelmäßig klopfendes Herz, um die Stirne des Knaben zu küssen.

„Was immer du auch vorhast, Bobbie, Gott sei mit dir und helfe dir auf allen Wegen."

Weinend brach Frau Sehring in ihrem Bette zusammen, und schluchzend entfernte sich Bob, um den Wächter Matthias aufzusuchen und noch eine kurze Besprechung mit Frau Krikl zu pflegen.

XXI. Kapitel

Die beiden Schornsteinfeger

Aus einem schmucken Jungen mit schneeweißer Haut wurde innerhalb weniger Minuten ein regelrechter schwarzer Schornsteinfeger mit völlig verrußtem Gesicht, Kapuze, Strickbündel um die Hüften, Steigeisen im Gürtel und Leiter über der Schulter. Peter Möller betrachtete wohlgefällig sein Werk, erklärte, daß keiner seiner Kollegen auch nur einen Augenblick zweifeln würde, einen ordentlichen Kaminfeger vor sich zu haben, unterwies den Knaben nochmals im Gebrauch der verschiedenen Instrumente, steckte ihm vorsichtshalber auch noch ein mächtiges Taschenmesser zu und dann gingen sie los.

Auf der Straße erregte immerhin der kleine, schlanke Schornsteinfegerlehrling neben seinem Meister einiges Aufsehen, wenigstens unter den weiblichen Dienstboten, die, abergläubisch wie sie sind, gerne mit Schornsteinfegern in Berührung kommen. Hie und da streifte ihn auch eine Frauensperson absichtlich mit der Hand, weil solche Rußflecken Glück bringen, und ein hübsches, junges Ding bat ihn sogar um einen Kuß, für den sie ihm Geld anbot. Bob wies solche Ansuchen verachtungsvoll zurück, indem er ihr die Zunge herausstreckte.

Einige Minuten vor fünf Uhr waren sie in der Blumenstraße angelangt. Es hatte zu regnen aufgehört, vom blauen Himmel strahlte die Sonne unbarmherzig nieder und die Straße war menschenleer. Um die Ecke herum lugten die beiden unauffällig nach dem Hause Doktor Mortons. Richtig, gerade in diesem Augenblick wurde das Gartenportal geöffnet und gleich darauf rollte das große, blaue, geschlossene Automobil davon. Nun hielten sie sich noch etliche Minuten auf der Straße auf, flüsterten einander rasch noch einige Bemerkungen zu und gingen dann auf das Haus zu, um gemächlich die Gartenglocke zu ziehen.

Die Mulattin kam aus dem Hause heraus und näherte sich dem Gartenportal. So wie sie aber der beiden schwarzen Männer ansichtig wurde, rief sie unwirsch:

„Nix, Nix. Schornstein ist erst vor vierzehn Tagen gekehrt worden," drehte sich um und ging zurück.

Aber Peter Möller rief ihr nach: „Nutzt nichts, Madame, wir müssen doch herein. Die Polizei hat gemeldet, daß Funken aus dem Schornstein fliegen! Das kann ein kleines Dippelbaumfeuerchen sein, und wenn das nicht in Ordnung kommt, brennt Ihnen das Haus über dem Kopf zusammen."

Im Nu war Sara beim Gartengitter.

„Oh, du meine Güte! Ja, was soll ich denn da machen? Niemand ist zu Hause als ich, es wird doch nicht gleich brennen."

Möller lachte scheinbar vergnügt, während Bob vor Aufregung innerlich zu zappeln begann. „Sie haben da gar nichts zu machen, schöne Frau, als uns nachsehen zu lassen. Na, und brennen wird es nicht gleich, aber in ein paar Stunden, wenn alles schläft, kann es den schönsten Brand geben, den die Blumenstraße erlebt hat."

Nunmehr schloß die Mulattin die Gartentür auf und ließ die beiden eintreten. Sie war sehr erschreckt und kreischte ein über das andere Mal „Himmel!" und „Du meine Güte!", und jammerte: „Wenn der Herr nur da wäre, oder wenigstens Sam!"

Sie betraten nun durch das Haustor die Halle der Villa Morton und Bob klopfte das Herz bis zum Halse hinauf. Aber er nahm sich zusammen, straffte die Muskeln und sah rasch und flink wie ein Wiesel in dem schönen großen Raum umher. Unheimlich sah es hier durchaus nicht aus, im Gegenteil, sehr anheimelnd sogar. Kostbare altenglische Möbel, prachtvolle orientalische Teppiche, Jagdtrophäen an den Wänden, mächtige Stoßzähne von Elefanten, silbernes Gerät. In einer Nische ein Telephonapparat, auf den Frau Sara eben aufgeregt und noch immer jammernd zuschritt. Ein furchtbarer Gedanke durchflog Bobbies Schädel. Die Mulattin würde jetzt sicher nach dem Lunaklub telephonieren, um ihren Herrn oder Bruder herbeizuholen.

Bob packte Möller am Arm und flüsterte ihm zu: „Rasch, die Frau aufhalten!“

Und Möller verstand zwar nicht den Zweck dieser Aufforderung, aber er gehorchte und rief der Mulattin zu: „Madame, sind hier im Hause Füllöfen oder Kamine oder eine Zentralheizung?“

Richtig wandte sich Sara ihm zu und sagte: „In einigen Zimmern haben wir Füllöfen, in den meisten aber Kamine für Holzfeuerung.“

Diesen Augenblick hatte Bob benützt, um blitzschnell mit dem geöffneten Taschenmesser an das Telephon heranzuspringen und die beiden Drähte, die sich oberhalb des Apparates entlang zogen, knapp am Holze des Apparates durchzuschneiden.

Wirklich stand nun Frau Sara schon am Telephon, kurbelte wie besessen und schimpfte, weil sich das Amt nicht meldete. Bob aber hatte die Kühnheit, in aller Ruhe zu sagen:

„Es wird kaputt sein. Wahrscheinlich hängt das damit zusammen, daß dort irgendwo in der Mauer die Leitung geht, wo das Feuer frißt.“

Peter Möller biß sich auf die Lippen, um nicht herauszuplatzen, aber die Mulattin erschrak, schlug die Hände über dem Kopfe zusammen und rief: „Also bitte, schauen Sie nur nach und löschen Sie, so rasch es geht.“

„Dazu sind wir ja da,“ brummte Möller, „und nun führen Sie uns zunächst überallhin, wo es Öfen und Kamine gibt.“

Sara nahm einen Schlüsselbund, schrie, die beiden mögen nur ja nichts rußig machen, und begann, sie von einem Zimmer in das andere zu führen. Die Räume lagen im Halbkreis um die Halle herum, so daß jeder von hier aus seinen Eingang hatte, alle aber auch untereinander durch mächtige Schiebetüren verbunden waren. Bob war durch die prachtvolle Einrichtung der Zimmer überrascht. Man sah, daß alle diese Teppiche, Dekorationsstücke und Möbel nicht bei Möbelhändlern zusammengekauft oder auf Bestellung gearbeitet waren, sondern Sammelobjekte langer Reisen und wunderbare Erzeugnisse chinesischen, indischen, birmanischen Kunsthandwerkes oder alte Stücke aus der

Renaissance- oder der Empirezeit oder der Epoche der Königin Anna waren. Nirgends fand Bob, der sich gut umsah, während sein Meister die Kamine untersuchte, irgendwelche verdächtige Spuren. Nein, das waren nicht die Verbrecherhöhlen eines Kindesräubers oder Mörders, sondern die mit raffiniertem Luxus ausgestatteten Räume eines kunstsinnigen Weltenbummlers.

Die Öfen und Kamine in allen Räumen waren nun untersucht worden, und der Schornsteinfeger sagte zu Sara, die immer hinter ihnen hergegangen war und jede schwarze Spur sorgfältig mit dem Staubtuch entfernt hatte: „Nun, Madameken, gehen wir oben hinauf."

Brummend und unwillig schritt Sara voran die mit Teppichen belegte Treppe hinauf, und die drei betraten zuerst einen köstlich ausgestatteten, ganz in weißem Marmor gehaltenen Baderaum, an den sich der Reihe nach ein Garderobezimmer, das Schlafzimmer des Doktor Morton und ein Frühstückszimmer in schottischer Einrichtung anschlossen. Dieses letztere Zimmer wurde nach der anderen Seite durch eine Türe abgeschlossen, die gepolstert und mit grünem Billardtuch überzogen war. Die Polstertüre hatte keine Klinke, sondern nur ein schmales, für einen flachen Schlüssel berechnetes Schlüsselloch.

„Machen Sie mal hier auf, Madame," sagte Möller.

Aber die Mulattin drängte ihn weg. „Hier gibt's kein Aufmachen, das ist das Laboratorium des Herrn Doktor, da kann niemand 'rein."

Möller und Bob sahen einander rasch an, und Bob fühlte, wie er unter der Rußschicht im Gesicht erbleichte. Er hatte das Empfinden, daß sein Blut in rasender Eile vom Herzen in den Kopf und von dort wieder zurückströmte. Lauerte hinter dieser Tür nicht das Schicksal, begann hier nicht die Lösung des Geheimnisses, war er etwa nur ein paar Schritte von Gertie entfernt?

Schweigend verließen sie das Zimmer und betraten den Vorraum, der hier im ersten Stockwerk im Vergleich zu dem unteren auffallend klein war. Peter Möller, der Übung und Erfahrung hatte, wurde sofort stutzig und flüsterte, während Sara die enge Treppe zum Dachstuhl voranschritt, Bob zu:

„Außer dem einen verschlossenen Zimmer gibt es, an dieses anschließend, mindestens noch einen Raum, sonst müßte der Vorraum größer sein." Laut aber sagte er, als sie auf dem Dachboden angekommen waren:

„So, jetzt werden wir die Geschichte gleich haben," und begann die eisernen Türen, die nebeneinander in die Mauer eingefügt waren, zu öffnen. Sie führten in die verschiedenen Kamine des Hauses.

Möller beugte sich scheinbar sehr eifrig in die Löcher, hantierte in ihnen mit dem Besen, klopfte und rüttelte umher und sagte dann, über und über mit frischem Ruß bedeckt, zu Sara:

„Ich glaube, in dem einen Kamine da, der zum Küchenherde führt, glimmt die Mauer. Bitte, bringen Sie einen Kübel Wasser, damit ich den Besen mit einem nassen Lappen umwickeln kann!"

Sara ging, und Möller flüsterte, das Alleinsein benützend, dem Knaben zu: „Junger Herr, nun müssen Sie zeigen, ob Sie ein Kerl sind! Der Kamin da führt nicht in die Küche, sondern nach meiner Berechnung und wenn mich nicht der Teufel narrt, in das Zimmer mit der gepolsterten Türe. Kriecht einer durch den Schlot hier herunter, so kommt er durch den Kamin in das Zimmer hinein, denn daß dort ein Kamin und nicht ein Füllofen ist, erkenne ich an dem starken Luftzug. Ich kann aber nicht durch, ich bin zu stark! Wenn es einer kann, so sind Sie es junger Herr! Also aufgepaßt: Der Haken wird am Strick befestigt, den Sie um den Leib haben, dann kommt der Haken hier um das Mauerstück, Sie binden das andere Ende des Strickes fest um die Hüften und kriechen hinunter. Wenn Sie wieder herauf wollen, so benützen Sie den Strick als Leiter und ziehen sich nach oben. Übrigens warte ich ja hier, so daß nichts geschehen kann. Droht eine Gefahr, so rufen Sie zu mir herauf um Hilfe, dann wird mein Browning gute Arbeit tun."

Bob zitterte am ganzen Körper vor Aufregung. „Alles will ich tun, lieber Herr Möller, und wenn es das Leben kostet."

Schon war aber die Mulattin erbost mit einem Kübel voll Wasser angekeucht gekommen. Möller manipulierte mit Hilfe eines nassen Fetzens im Schlot herum und meinte dann achselzuckend:

„Es ist so, wie ich es mir gedacht habe, da glimmt es irgendwo, aber es sitzt tief, ich komme mit dem Besen nicht hin."

Grob und herrisch schrie er den Knaben an:

„Los, Bob, statt hier Maulaffen feilzuhalten, wirst du jetzt 'runterkriechen! Und wenn du zur Brandstelle kommst und dir die Pfoten verbrennst, so heule nicht, sondern kratze die Stelle ordentlich aus, wenn du nicht willst, daß ich dir dein Leder versohle!"

Ohne mit der Wimper zu zucken, sachgemäß wie ein echter Schornsteinfegerlehrling, machte sich Bob bereit, wickelte den Strick auf, flocht ihn durch die breite Öse des Einhakens, ließ das andere Ende durch den Meister sich um den Leib binden, der Haken wurde an der Öffnung der eisernen Kamintüre eingehakt, und eins, zwei, drei, schlüpfte Bob, sich mit den Füßen über den Türrand schwingend, in das finstere, etwa anderthalb Fuß im Durchmesser breite Loch hinab.

Bob war immer der beste Turner in seiner Klasse gewesen, und das kam ihm nun zustatten. Behend wie eine Eidechse, preßte er die schräg nach auswärts gedrehten Fußsohlen an die Ziegelsteine, während er mit den Ellbogen, die er ebenfalls an die Wand des Zylinders preßte, dem Körper Halt gab. Ließ er die Füße los, so hielt er sich mit den Ellbogen, hatte er mit den Sohlen an den Ritzen zwischen den Ziegeln Halt gefunden, so schob er wieder die Ellbogen nach, und so kam er langsam, aber sicher, mit schmerzenden, wundgeriebenen Gliedern hinunter, Schritt auf Schritt, Spanne auf Spanne. Nun verengte sich der Zylinder, und Bob mußte mit aller Kraft seinen schlanken Körper dehnen und strecken, um weiterrutschen zu können. Plötzlich stießen seine Füße auf Widerstand, er war auf dem Boden des Kamins in dem geheimnisvollen Zimmer angelangt.

Aber wie weiter? Sein Oberkörper steckte in dem engen Zylinder, die Beine hatten Bewegungsfreiheit in dem breiten Kamin. Mit gewaltiger

Anstrengung grätschte er die Beine, beugte sich nieder, stieß mit den Füßen vorwärts, es klirrte und klapperte von brechendem Steinzeug, er rutschte aus, die Beine sausten durch eine Öffnung irgendwohin, und er saß nun auf dem Boden des Kamins, der Oberkörper in Dunkelheit, die Beine im Heizraum, die Füße schon im Zimmer. Eine letzte, verzweifelte Anstrengung, ein Vorwärtsschieben der Beine, und Bob lag auf dem Rücken, sprang auf und befand sich in dem Saale, der nach der einen Seite in das Frühstückszimmer führte.

XXII. Kapitel

Eine Korrespondenz durch die Türspalte

Verwirrt, betäubt, die schmerzenden Augen mit Staub und Ruß gefüllt, blieb Bob stehen und brauchte Minuten, bevor er seine Umgebung sehen konnte. Der Saal war in Weiß gehalten und lag im Halbdunkel. Es befand sich in ihm kein regelrechtes Fenster, sondern nur eine kleine Milchglasscheibe ganz oben, die durch ein Eisengitter geschützt war. Kurz entschlossen drehte Bob den Schalter an der Wand, und nun war der Saal von den in die Decke eingefügten elektrischen Lampen in schneeweißes Licht getaucht.

In der Mitte des Zimmers stand ein großes Streckbett, wie es Bob schon in den Zimmern von Ärzten gesehen hatte, ringsumher an den Wänden aus weißen Kacheln standen Retorten, große Glaskübel, Apparate, untereinander mit Gummischläuchen verbunden, Regale mit Tuben und Instrumente aus Nickel, Medizinschränkchen, kurzum, es sah wie der Operationssaal eines Krankenhauses aus. Alles peinlich sauber, wie ungebraucht. Nur neben dem Streckbett auf dem weißen Linoleum, mit dem der Boden bespannt war, einige rostbraune Spritzer, und mit Schaudern erinnerte er sich, gelesen zu haben, daß Blut solche rostbraune Färbung annehme.

Bob versuchte sich zu orientieren, indem er die Richtung vom ersten Stock zum Dachboden festhielt. Diese Tür mußte wohl zu dem Frühstückszimmer in schottischer Einrichtung führen, das sie zuletzt betreten hatten. Aber an der gegenüberliegenden Wand war wieder eine Tür. Auch sie gepolstert, diesmal aber mit weißem Leder überzogen, auch sie ohne Klinke, sondern nur mit einem schmalen Schlüsselloch. Was und wer mochte sich hinter dieser Tür befinden? Der Boden brannte dem Knaben unter den Füßen. Er durfte nicht länger zögern, mußte wieder zurück durch den Kamin, ohne etwas erreicht zu haben. Wirr zogen die Gedanken durch sein Hirn. Nichts Verdächtiges hatte er gesehen; nichts, was der Polizei eine Handhabe bieten konnte. Aber was war dort in dem Zimmer nebenan? Führte etwa auch dorthin ein Weg durch den Kamin? Bob fühlte, daß er nicht mehr die Kraft aufbringen würde, jetzt zurückzukriechen und dann neuerdings durch einen anderen Schlot abwärts zu steigen. Abgesehen davon: Es bestand die Gefahr, daß die Mulattin Verdacht faßte, Lärm schlug und nach einem Polizisten rief.

Bob versuchte durch das Schlüsselloch zu blicken. Es ging nicht, der Blick drang nicht durch. Er warf sich nun flach auf den Boden und preßte die Augen an die Ritze zwischen Polstertüre und Fußboden. Immerhin – er erhaschte einen Lichtschimmer. Und jetzt war es ihm, als bewegte sich ein Schatten durch dieses Licht. Aber das konnte auch Täuschung sein. Vielleicht, wenn er aus voller Lungenkraft hätte in die Ritze hineinbrüllen können! Vielleicht, daß – vorausgesetzt, daß sich dort ein Wesen befand – dieses ihn hören würde. Aber er durfte ja nicht schreien, durfte kein Aufsehen erregen!

Bob sprang, während ihm die Schläfen hämmerten, auf und sah verzweifelt um sich. Auf einem weißen Tische lag ein Block Papier und in einem Glase standen nebeneinander viele gespitzte Bleistifte. Ein Gedanke kam ihm. Durch diese Ritze mußte sich doch wohl ein Bogen Papier schieben lassen! Er riß ein Blatt vom Block herunter und schrieb auf dieses mit zitternden Fingern: „Ist dort jemand?“

Er warf sich wieder auf den Boden und schob den Bogen langsam, vorsichtig durch die Ritze, so weit, daß er gerade noch den Rand des Papieres diesseits sah.

Keuchend, mit schmerzendem Schädel und wildklopfendem Herzen blieb Bob liegen. Von oben durch den Kamin hörte er Meister Möller rufen:

„Na, wird's, Junge, was machst du denn so lange?"

In diesem Augenblick aber bewegte sich der Rand des Papieres und verschwand! Also lebte jemand in dem Zimmer nebenan, hatte das Papier gesehen und zu sich hereingezogen!

Bob sprang auf, rannte zum Kamin, brüllte hinauf:

„Hab' die Stelle schon; gleich, in drei, vier Minuten bin ich fertig" und wartete, mit geballten Fäusten regungslos dastehend. Wartete eine Minute, zählte bis hundert, bis zweihundert und dreihundert, und zwischen dem Zählen stöhnte er immer wieder: „Lieber Gott, sei gut und hilf uns!"

Und da – da an der Türritze regte es sich, der weiße Bogen kam mit einem winzigen Rande zum Vorschein! Mit dem Fingernagel krallte sich Bob in das Papier und kratzte es in das Zimmer hinein, bis er es aufheben konnte. Und auf der anderen Seite stand mit großen, verschmierten, ungelenken, braunen Buchstaben geschrieben:

„Ich, Gertie Sehring, bin gefangen und muß sterben!"

Da schüttelte ein Krampf den Körper des Knaben, sein Rücken steifte sich vor Grausen und Schmerz, und eine Sekunde war es ihm, als würde er alle Kraft verlieren und niederstürzen. Aber eiserner Wille bäumte sich in ihm auf. Mit einem Sprunge war er beim Kamin, schlang sich das frei baumelnde Ende des Strickes um die Hüften, kroch in das Loch, rief: „Meister, fertig! Bitte anziehen!" und stand wenige Minuten später wieder auf dem Dachboden, um mit einer tonlosen Stimme, die ihm selbst fremd klang, zu sagen:

„Es ist jetzt alles in Ordnung, wir können gehen!"

Kaum waren sie von Sara hinausgelassen worden, als Bob seine Nägel in die Hand des Schornsteinfegers grub, so daß dieser aufschrie.

„Gertie ist im Hause gefangen, ich habe den Beweis dafür. Herr Möller, rasch, wir müssen sie retten, bevor sie stirbt!“

Meister Möller, der nun hinter dem Knaben einherlief, wurde aus dessen Worten zwar nicht klug, aber er glaubte ihm unbedingt. „Also, was ist jetzt zu tun?“ keuchte er. „Am besten, wir gehen zurück, bringen die schwarze Canaille um und holen deine Gertie!“

„Nein,“ sagte Bob, stehenbleibend, „nein, Herr Möller, so geht es nicht. Bitte, laufen Sie in die Konditorei zu Ihrem Onkel und Frau Krikl und warten Sie alle drei dann ruhig in der Nähe des Hauses Morton, bis ich mit der Polizei komme.“ Er reichte dem Schornsteinfeger die Hand und rannte, was ihn die kleinen Beine tragen wollten, der großen Verkehrsstraße zu, bis ihm endlich eine leere Autodroschke entgegenkam. Er rief dem Chauffeur sein „Halt!“ zu. Als der aber den kleinen Schornsteinfeger vor sich sah, begann er zu fluchen, schrie: „Halt' deine Urgroßmutter zum Narren!“ und wollte davonfahren. Aber mit einem gebieterischen abermaligen „Halt!“ sprang Bob zum Wagenschlag, schwang sich über diesen hinweg in das Innere der Droschke und rief:

„Machen Sie keine Scherze mit mir, ich bin Detektiv! Und fahren Sie, so rasch Sie können, zum Polizeipräsidium.“

Auf den Chauffeur wirkten die Worte „Detektiv“ und „Polizeipräsidium“ geradezu elektrisierend; mit aufgerissenem Munde stierte er den kleinen schwarzen Kerl mit der Leiter und dem Besen an und fuhr mit dem seltsamen Passagier in höchster und vorschriftswidrigster Geschwindigkeit davon, so daß das Ziel in wenigen Minuten erreicht war. Bob war außer Rand und Band, hatte sich in Feuer und Flamme, in Dynamit und Nitroglyzerin verwandelt, schrie dem Chauffeur ein „Hier warten!“ zu, brüllte den Polizisten, der ihm in den Weg trat, mit den Worten „Zur Kriminalpolizei muß ich!“ so an, daß der Mann entsetzt zur Seite sprang, flog die Stufen hinauf, raste durch die zwei oder drei Zimmer, die ihn von Herrn Crispin trennten, ohne jemandem Rede und Antwort zu stehen, und schon hatte er, ohne zu klopfen, die Türe zum

Allgewaltigen aufgerissen und stand keuchend, mit fliegendem Atem, kaum fähig, ein Wort hervorzubringen, vor ihm.

Herr Crispin, der eben in das Studium dickleibiger Akten vertieft gewesen, war ordentlich zusammengefahren und sah mit weit aufgerissenen Augen den kleinen Schornsteinfeger vor sich.

„Wie wagen Sie es, hier unangemeldet hereinzukommen, und was wollen Sie von mir?“ herrschte er den Knaben an.

In diesem Augenblick erst entsann sich Bob der Tatsache, daß er noch immer die Kleidung eines Schornsteinfegers trug, was ihn aber nicht sonderlich anfocht. Er sagte sich, jetzt heißt es, klug und vernünftig reden, lehnte den krummen Besen mitsamt der kurzen Leiter an den Schreibtisch des Herrn Crispin und erwiderte so ruhig und wohlgesetzt er konnte:

„Ich bin Bob Holgerman, Herr Crispin, und komme, um Ihnen mitzuteilen, daß ich endlich Gertie Sehring gefunden habe!“

Herr Crispin war fassungslos, was sich eigentlich für einen höheren Beamten der Kriminalpolizei einer Millionenstadt nicht gehört. Wohl erkannte er nun Bob, aber er war fest davon überzeugt, daß es sich wieder um einen Dummenjungenstreich handle, und so sagte er streng:

„Junger Mann, ich habe Ihnen bereits einmal durch Ihren von mir sehr geschätzten Vater mitteilen lassen, Sie möchten der Polizei Ruhe geben und uns mit Ihren Dummheiten nicht belästigen. Zu meinem Bedauern sehe ich, daß Sie diese Dummheiten in Verkleidung fortsetzen wollen und...“

So artig aber Bob auch sonst war, diesmal ließ er den Herrn Crispin nicht ausreden. „Herr Crispin,“ sagte er, während ein Lächeln über sein geschwärztes Gesicht huschte, „ich muß Sie bitten, mir die Strafpredigt später zu halten, wenn Gertie in Sicherheit ist. Ich habe nämlich von Gertie eben diese Zeilen bekommen.“

Sprach's, zog aus dem Brustlatz den Bogen Papier, der nun schon reichliche Spuren von Ruß aufwies, und hielt ihn dem Polizeichef unter die Nase. Zögernd las dieser, dann blickte er Bob groß an, und nun war er es, der ihn ruhig ausreden ließ.

Hastig, aber in wohlgeordneten Sätzen erzählte Bob von dem Ankauf des Polizeihundes Troll, von der Spur, die der Hund hinter dem Mulatten her aufgenommen hatte, von dem Hause des Doktor Morton, von dem Besuch des Lunaklubs, von dem Komplott mit dem Schornsteinfegermeister Peter Möller und dem Ergebnis des Eindringens in das Haus Nr. 12 der Blumenstraße.

In Herrn Crispin stieg es heiß auf. Einerseits erfaßte er die ungeheure Blamage der Polizei in ihrer ganzen Bedeutung, andererseits überwältigte ihn die Bewunderung vor dem Mut und der Energie des kleinen Jungen, und da er ein wackerer, braver Mann war, so hielt er nicht länger an sich, packte den rußigen Kopf Bobs zwischen beide Hände, beugte sich zu ihm nieder, küßte ihn auf die Stirn, bekam einen schwarzen Mund und sagte: „Bob Holgerman, wenn nicht alles trügt, so haben Sie Wunderbares getan! Und nun wollen wir an die Arbeit gehen!“

Eine Minute später war das Zimmer des Inspektors mit Polizei- und Kriminalbeamten gefüllt. Mit wenigen, aber klaren Worten erörterte Herr Crispin die Sachlage und traf seine Anordnungen.

„Sie, Lorensen, nehmen vier Ihrer zuverlässigsten Leute, ferner einen Polizeischlosser und den Polizeiarzt Doktor Wolters in Automobilen mit sich und lassen sich von dem jungen Mann da nach dem Hause in der Blumenstraße bringen. Sie läuten die Mulattin heraus, überwältigen sie sofort, dringen in das Haus ein und lassen, falls das Weib die Schlüssel nicht herausgibt, durch den Schlosser die betreffenden Türen sprengen. Bestellen Sie vorsichtshalber ein Sanitätsauto nach dem Hause, da das Mädchen vielleicht nur liegend fortgeschafft werden kann.

Sie, Perkins, nehmen sechs Mann mit zum Lunaklub, überwältigen ohne Umstände den Chauffeur Sam, der ja wahrscheinlich vor dem Klubgebäude mit dem Auto des Doktor Morton wartet, und verhaften dann den Doktor Morton. Aber mit aller Vorsicht, wenn ich bitten darf! Der Mann ist gefährlich, er muß überrascht werden, damit er weder

Gelegenheit hat, zu entkommen, noch sich selbst zu richten. Und nun nur noch einen Augenblick, bis ich die Haftbefehle unterschrieben habe, und dann los! Jede Sekunde Verzögerung kann verhängnisvoll werden!“

Bevor fünf Minuten um waren, saß Bob mit dem Kriminalbeamten Lorensen und dem Arzt Doktor Wolters in einem Auto, dem Auto, das ihn hergebracht hatte, während hinter ihnen ein zweites, vollbepackt mit vier weiteren Kriminalbeamten und dem Schlosser, und hinter diesem der Krankenwagen fuhr. Zwei andere geschlossene Automobile sausten in entgegengesetzter Richtung zum Lunaklub.

Bob, der Arzt, Lorensen – sie sprachen kein Wort während der kurzen Fahrt. Lorensen war ganz in seine Aufgabe vertieft, der alte Doktor Wolters beobachtete hinter den Brillengläsern den Jungen in der Schornsteinfegertracht und stellte fest, daß auch die Rußschwärze die totenbleiche Farbe des Gesichtes nicht verdecken konnte. Bob selbst aber biß sich die Lippen fast wund und krallte, um seine Erregung zu bemeistern, die Finger in das Leder des Sitzes. Und die Sekunden wurden ihm zu Stunden, und die Minuten zu Ewigkeiten – –

Es war fast sieben Uhr, als sie vor dem Hause des Doktor Morton hielten, und noch erhellte die eben niedergehende Sonne den Himmel. Man brauchte am Gittertor nicht zu läuten; denn Sara stand im Vorgarten, begoß eben die Blumen und hatte die beiden Automobile – der Krankenwagen kam später an – gleich erblickt. Neugierig war sie ganz an das Gitter getreten, an dem nun der kleine Schornsteinfeger mit einer ganzen Anzahl von Männern stand. Verwundert, aber instinktiv eine Gefahr witternd, dachte sie gar nicht daran, das Tor aufzuschließen, sondern fragte knurrend:

„Was wollen Sie denn hier?“

Eine alte, häßliche Dame mischte sich unter die Männer, ein alter Mann in der Uniform eines Invaliden humpelte einher, ein Hund sprang mit riesigen Sätzen an Bob empor und schleckte ihm den Ruß aus dem Gesicht.

Verwirrt, ängstlich, heimtückisch wiederholte die Mulattin die Frage: „Was soll das, was will man hier?“

Lorensen trat dicht an das Gitter.

„Öffnen Sie nur ruhig, wir haben mit Ihnen zu sprechen.“

„Denke nicht daran, zu öffnen,“ kreischte Sara, „der Herr Doktor ist nicht hier und ich lasse niemanden herein! Schert euch mit dem verfl – – Burschen da zum –“

Sie kam nicht dazu, ihren frommen Wunsch zu beenden, denn mit katzenartiger Geschwindigkeit hatte Lorensen blitzschnell durch die Gitterstäbe gegriffen und mit beiden Händen die Kehle der Mulattin eisern umklammert, daß sie keinen Laut mehr von sich geben konnte. Sie schlug, während ihr der Schaum vor den Mund trat, mit den bläulichen Fingernägeln in die Hände des Beamten, aber nicht lange, denn schon griffen andere Männerhände durch das Gitter, packten unbarmherzig ihre Arme, rissen sie nieder und preßten sie an die Eisenstäbe, so daß das Weib nur mehr mit den Füßen umherschlagen, aber sich sonst nicht rühren konnte. Und erst als das gelblichbraune Gesicht eine bläuliche Färbung annahm, lockerte Lorensen den Griff so weit, daß die Mulattin Atem schöpfen konnte. Inzwischen hatte aber der Schlosser schon emsige Arbeit getan, und das Tor flog auf, so daß die Männer mit Bob eindringen konnten. Und nun, als Saras Hände in den stählernen Spangen lagen, konnte sie Lorensen loslassen. Sie stieß nach der Befreiung ihrer Kehle ein furchtbares Geheul aus, daß die Leute auf der Straße zusammenliefen und Frau Krikl sich die Ohren zuhielt, während Troll feindselig knurrte und bereit gewesen wäre, die Frau niederzureißen.

Lorensen überlegte einen Augenblick und gab dann zwei Beamten einen Wink.

„Das Weib macht die ganze Straße rebellisch. Mit ihr werden wir ja doch nichts anfangen können, also rasch mit ihr nach der Polizei mit dem Auto. Und wenn sie nicht aufhört zu brüllen, so kriegt sie einen Knebel in den Mund.“

Schon war Sara in das Auto gehoben, das mit ihr und zwei Beamten davonsauste, während Lorensen mit zwei anderen, dem Schlosser und Bob, das Haus betrat, nicht ohne vorher das Gartentor wieder verschlossen zu haben, so daß die Menschenmenge, zwischen ihr Meister Möller, Matthias und Frau Krikl, aufgeregt zurückbleiben mußte.

Nun gingen die Dinge in Eile vor sich. Eins, zwei, drei, hatte der Polizeischlosser das Haustor aufgeschlossen, und alle stürmten hinter Bob her in das Haus hinein, die Treppe hinauf. Schweigend wies Bob auf die Polstertüre. Der Schlosser machte sich wiederum an die Arbeit, die aber nicht leicht war. Mit gewöhnlichen Nachschlüsseln und Krummhaken war dem kunstvollen Yaleschloß nicht beizukommen, es mußte die Kreissäge angelegt werden, mit der die Zunge des Schlosses abgeschnitten wurde. Nun war man in dem Zimmer, das der Knabe durch den Kamin vor kaum einer Stunde betreten hatte.

Mit geballten Fäusten, am ganzen Körper zitternd, wies Bob auf die nächste Türe und sagte mit seltsamer, rauher Stimme:

„Hinter dieser Türe muß Gertie sein!"

Abermals trat die Stahlsäge in Tätigkeit. Alle hatte das Fieber der Spannung ergriffen, Herr Lorensen rief dem Schlosser „Rasch, rasch!" zu, und dieser ließ vor Erregung seine Instrumente fallen, um dann in rasender Eile die Scheibe zu drehen, die das diamantharte Messer in Bewegung setzte. Rrrtsch! Das Eisenstück war durchgesägt, die schwere, dicke, von innen und außen gepolsterte Tür flog auf und gewährte den Zutritt in ein mittelgroßes, künstlich durch eine schwache Deckenlampe beleuchtetes Zimmer. Bob hatte sich an dem Schlosser vorbeigedrängt und war der erste jenseits der Schwelle. Verwirrt durchdrang sein Auge das Halbdunkel, dann hatte er erblickt, was er suchte. Ganz in einer Ecke, in einem Lehnstuhl, kauerte Gertie in den Kleidern, die sie bei ihrer Entführung getragen hatte, und sah aus käseweißem Gesicht, um das wirr die goldblonden Locken hingen, mit großen, entsetzten Augen nach den Eindringlingen, wobei sie erschreckt die Ärmchen, die an den Handgelenken weiße Verbände trugen, wie zur Abwehr emporhob.

Einen Augenblick blieb Bob stehen, dann schrie er: „Gertie, meine kleine Gertie!“ und stürzte auf das Mädchen zu; dieses aber sank in dem Augenblick, als Bob es erreichte, vornüber aus dem Stuhl, schlug schwer mit der Stirn auf dem Boden auf und blieb leblos liegen.

Bob warf sich über den Körper und streichelte das Gesicht des kleinen Mädchens, das seitwärts zu liegen gekommen war.

„Gertie, ich bin es! Ich, Bob! Ich bring' dich zu deiner lieben Mama! Gertie, jetzt darfst du nicht tot sein, hörst du!“

Gertie rührte sich nicht. Aber schon hatte Doktor Wolters sie aufgehoben, den federleichten, entsetzlich abgemagerten Körper auf das Bett, das im Zimmer stand, gelegt und behorchte das Herz.

Erleichtert aufatmend, sagte er dann:

„Es ist nichts, nur eine tiefe Ohnmacht. Wir tragen das Mädchen sofort hinunter in den Wagen, denn es ist besser, wenn es nicht an diesem Orte zur Besinnung kommt, sonst könnte es den schönsten Nervenschock geben. Überhaupt – wir alle haben ja vorläufig hier wohl nichts mehr zu tun.“

Lorensen verneinte. „Nein, alles andere ist Sache der Staatsanwaltschaft. Ich werde nur einige Schutzleute herbeordern, die das Haus bewachen.“

Unten vor der Villa hatte sich indessen eine ungeheuere Menschenmenge angesammelt, die erregt von furchtbaren Verbrechen schrie, die sich in dem Hause ereignet haben sollten. Wohl hatten sich Frau Krikl und auch der alte Matthias, die sich in der Menge befanden, in tiefes Schweigen gehüllt, aber Meister Möller ließ sich doch bewegen, einiges von Kinderraub und einem kleinen Mädchen zu sprechen, das hier gefangen gehalten wurde, und bald hieß es unter den Angesammelten, daß das ganze Haus von Kinderleichen voll sei, und wüste Drohungen gegen Doktor Morton und seine Bedienung wurden laut. Tiefes Schweigen entstand, als die Beamten das Tor öffneten und Doktor Wolters das blonde Kind mit dem todbleichen Gesicht in den Krankenwagen hob. Bob sprang natürlich ebenfalls in diesen Wagen, nachdem er seine Freunde rasch begrüßt und ihnen zugeflüstert hatte, daß Gertie lebe und er sie alle morgen besuchen werde. In der großen Erregung hatte er Troll vergessen, aber dieser wahrhaftig nicht seiner, denn der brave Hund schwang sich, als wenn er wüßte, daß es nunmehr keiner Heimlichkeit mehr bedürfe, sofort neben den Chauffeur des Krankenautos auf den freien Sitz.

Weich und fast lautlos lief der große Wagen auf seinen breiten Gummirädern über den Asphalt. Die würzige Luft des Sommerabends schlug durch das offene Fenster herein, und plötzlich öffnete Gertie die Augen, sah um sich, lächelte Bob, der an ihrem Lager neben dem Arzt saß, matt an und schlang die dünnen Ärmchen um seinen Hals. Als der alte, abgehärtete Polizeiarzt sah, wie der kleine rußige Junge zart und leise das blonde Kind küßte und ihm zärtliche Koseworte zuflüsterte, da mußte er sich gewaltig schneuzen und heftig die Brillengläser putzen.

XXIII. Kapitel
Gelöste Rätsel

Acht Uhr war längst vorbei, und im Hause des Fabrikbesitzers saßen Herr Holgerman und seine Gattin einander schweigend gegenüber, ohne an die Speisen, die auf dem Tische standen, zu rühren. Frau Holgerman sah besorgt auf ihren Teller nieder, Herr Holgerman hatte die Stirn gerunzelt und um seinen Mund zuckte es. Ungestüm schlug er mit der flachen Hand auf den Tisch, daß die Gläser klirrten.

„Morgen muß der Junge vorausfahren! Fängt nun gar noch an, sich bis in die Nacht herumzutreiben! Sieht aus wie ein Schatten, ißt nicht ordentlich, lungert den ganzen Tag wer weiß wo herum und wird sich und uns noch den größten Ärger bereiten! Wahrhaftig, so geht es nicht weiter!“

Frau Holgerman machte einen schüchternen Einwand. „Du hast ja recht, Artur, aber bedenke, wie unglücklich der arme Junge ist. Die

Geschichte mit Gertie geht ihm näher, als man es bei einem Kinde in seinem Alter annehmen sollte. Er verzehrt sich in Schmerz und Unruhe, und ich möchte dich bitten, ihm kein rauhes Wort zu sagen; laß ihm Zeit, zu vergessen."

Herr Holgerman, schon versöhnlicher gestimmt, wollte erwidern, kam aber nicht dazu. Er horchte auf. Das Rattern eines Automobiles kam näher, aber eines Automobiles, das sich nicht durch die Töne der gewöhnlichen Hupe anmeldete, sondern durch den Sirenenton eines Sanitätswagens. Erregt sahen die Gatten einander an. Der Ton kam näher, nun klang er schon ganz nahe; kein Zweifel, das Automobil hielt vor ihrem Hause. Frau Holgerman schrie auf: „Bob wird gebracht, es ist ihm etwas zugestoßen!"

Herr Holgerman war mit drei Sätzen draußen und stürmte die Stufen zur Haustüre hinunter; er stürzte hinaus, gefolgt von seiner Frau. Aber schon stand Bob vor ihnen, nicht Bob, wie sie ihn noch mittags gesehen, sondern ein kleiner, schmieriger Schornsteinfeger mit Bobs Gesichtszügen. Und rief ihnen zu: „Papa, Mama, nicht böse sein, daß ich so spät komme, aber dafür bring' ich Gertie zu euch! Nicht wahr, das ist recht so, denn wenn sie gleich zu Frau Sehring käme, so könnte diese mit ihrem Herzleiden schweren Schaden davontragen!"

Und während Frau Holgerman weinend und lachend ihren Jungen umarmte und herzte und Herr Holgerman sich an den Kopf griff und nicht wußte, was das alles zu bedeuten habe, kam auch Doktor Wolters, der Gertie in seinen Armen hielt. Nun war rasch die notwendige Verständigung erzielt, und wenige Minuten später ruhte Gertie in Bobs Bett, wo sie nach einem Schlafpulver sofort fest einschlief, bewacht von Troll, der sich merkwürdigerweise weigerte, seinen gewohnten Platz vor der Tür einzunehmen, sondern darauf bestand, im Zimmer zu bleiben und sich neben dem Bett auszustrecken.

Während dies alles geschah, war auch der andere Teil der polizeilichen Maßnahmen programmgemäß verlaufen.

Der Kriminalbeamte Perkins hatte das große blaue Automobil des Doktor Morton wenige Schritte vom Lunaklub entfernt vor einem Wirtshaus angetroffen, in dem der Chauffeur, der Mulatte Sam, gemächlich seinen Schoppen trank. Nach kurzer Verständigung betrat Perkins unauffällig mit dreien seiner Leute die Schankstube, und einen Augenblick später hatten sie sich des Mulatten bemächtigt. Perkins war auf ihn zugetreten, hielt ihm den Haftbefehl vor, rief: „Im Namen des Gesetzes erkläre ich Sie für meinen Gefangenen", und im selben Augenblick hatten zwei Männer die Hände des Mulatten im Gelenk umgedreht, worauf ein dritter die stählernen Armbänder anlegte. Wohl hatte der riesige Kerl dann mit den Füßen, wie toll um sich geschlagen, aber das nützte ihm nichts. Mit den Kolben ihrer Revolver schlugen ihm die Beamten auf die Knie, daß ihm Hören und Sehen verging, und schleppten ihn dann zu einem der bereitstehenden Wagen, um ihn nun, auch an den Beinen gefesselt, nach dem Polizeipräsidium zu bringen.

Dann kam der schwierigere Teil der Aufgabe, der mit weniger Derbheit ausgeführt werden mußte. Perkins wies dem erstaunten Türhüter des Lunaklubs seine Legitimation vor und befahl ihm, ihm und seinen zwei Beamten vorauszugehen und ihnen unauffällig Doktor Morton zu zeigen. Doktor Morton saß am Spieltische beim Bakkarat und strich eben ein paar Goldstücke ein, als Perkins auf ihn zutrat und mit leichter Verbeugung sagte:

„Herr Doktor Morton, ich habe einen Haftbefehl gegen Sie wegen Menschenraubes und erkläre Sie für meinen Gefangenen."

Entsetzt sprangen die anderen Herren von ihren Stühlen empor. Doktor Morton aber, aus dessen Gesicht alle Farbe gewichen war, blieb ruhig sitzen und sagte tonlos: „Gewiß, ich werde Ihnen folgen", stand auf, griff blitzschnell in die Westentasche und machte eine Bewegung nach dem Munde hin. Aber Perkins hatte mit solch einer Möglichkeit gerechnet. Bevor die Hand den Mund noch erreicht hatte, war sie von Perkins mit eisernem Griff umklammert worden, einer der anderen Beamten packte die andere Hand, die Arme des Doktor Morton wurden nach rückwärts gebogen und hinter seinem Rücken in Handschellen gelegt. Von allen

Seiten strömten die Mitglieder des Lunaklubs herbei und hörten, wie ihr angesehener Genosse Doktor Morton, der jetzt das Haupt gebeugt hielt, mit eiserner Ruhe sagte: „Ich habe verspielt und gebe die Partie verloren“, um dann über die Treppe als Häftling das Gebäude zu verlassen und in Begleitung der Polizeibeamten nach dem Polizeihauptgebäude zu fahren.

XXIV. Kapitel

Die Verjüngungskur des Doktor Morton

Es war fast Mitternacht, als in einem Zimmer der Kriminalpolizei zwei Herren einander gegenübersaßen. Der eine vor dem Schreibtisch, der andere nicht weit davon neben dem Schreibtisch. Und hätte nicht an der Tür ein baumlanger Polizist mit dem Revolver in der Hand gestanden und nicht an einem kleinen Tischchen ein Schreiber gesessen, der Bogen auf Bogen vollkritzelte, so hätte man wirklich an eine freundschaftliche Unterhaltung denken können.

Der Herr vor dem Schreibtisch war der Inspektor Crispin, der andere Herr im Lehnstuhl der verhaftete Doktor Morton, dem vorher in der Zelle die Giftpillen aus der Westentasche, das Taschenmesser und alle anderen bedenklichen Gegenstände abgenommen worden waren. Während Herr Crispin mit verschränkten Armen dasaß und der Schreiber schrieb, stützte Doktor Morton das jetzt sehr welk und gealtert aussehende Haupt auf den rechten Arm und sagte:

„Ich habe Sie bitten lassen, noch heute nacht meine Aussagen zu protokollieren, weil es mir um nichts mehr zu tun ist als um Beschleunigung des Verfahrens. Mein Leben ist verfallen, und ein verfallenes Leben soll man so rasch als möglich seinem Ende zuführen. Ich werde daher jetzt ein volles Geständnis ablegen, nicht etwa aus Reue, sondern aus Zweckmäßigkeit, und weil ein Leugnen nur das ersehnte Ende hinausschieben würde.

Wenn Sie die in meinem Besitze befindlichen Papiere, Dokumente und Aufzeichnungen durchsehen werden, so werden Sie erfahren, daß ich nicht der Fünfziger bin, der ich zu sein scheine, sondern nahezu achtzig Jahre alt bin."

„Unmöglich," entfuhr es dem Polizeiinspektor.

„Sehr schmeichelhaft, Herr Crispin, aber es ist doch so. Ich werde, oder besser gesagt, sollte in wenigen Monaten achtzig Jahre werden. Und wenn ich Ihnen erkläre, wie es kommt, daß ich um so viel jünger aussehe, so habe ich damit auch erklärt, warum ich dieses arme kleine Mädchen in meine Gewalt gebracht habe und andere kleine Mädchen habe sterben lassen."

Crispin fuhr empor: „Also Sie haben die Kinder, die in der letzten Zeit verschwunden sind, auf dem Gewissen?"

„Jawohl, Herr Crispin, ich bin gewissermaßen der Mörder mehrerer kleiner Mädchen. Wenn man das Töten in Notwehr und aus Selbsterhaltungstrieb einen Mord nennen will. Doch ich will alles in Kürze und Ruhe erzählen.

Ich wurde also vor nahezu achtzig Jahren als Sohn eines armen Landarztes geboren, und es stand fest, daß ich auch Arzt werden sollte. Gerade als ich unter unsagbaren Entbehrungen kurz nach dem Tode meiner Eltern das medizinische Doktordiplom errungen hatte, starb ein entfernter Verwandter, den ich nie gesehen hatte, da er in jungen Jahren nach Südamerika ausgewandert war. Ich war sein alleiniger Erbe und plötzlich Besitzer eines ungeheuren Vermögens. Mein Lebensweg lag für mich nun klar und fest umrissen vor mir. Reisen und forschen und das Leben in vollen Zügen genießen. Reisen, weil ich eine rasende Sehnsucht nach Abenteuern und fernen Ländern hatte; forschen, weil ich von einem tief inneren Trieb besessen war, den Rätseln und Geheimnissen der Natur näherzukommen, und das Leben genießen, weil ich es bisher entbehrt und nur in elendem dünnem Aufguß kredenzt erhalten hatte. Ich verbrachte die nächsten Jahrzehnte in Südamerika und den Vereinigten Staaten, in Indien und China, in Japan und Sibirien, in Paris und Rom, lernte die ganze Welt kennen, sprach bald alle Kultursprachen und drang dabei langsam in die medizinischen und physiologischen Geheimnisse der ältesten Völker ein. Wenn Gelehrte sich die Mühe nehmen sollten, meine Schriften durchzustudieren, so werden sie außerordentlich wertvolles Material auf dem Gebiete der Heilkunde entdecken, das mich, wenn ich es hätte wollen, zum berühmten Manne gemacht hätte.

So wurde ich sechzig Jahre alt, als ich plötzlich nach einer anstrengenden Reise über die Kordilleren zusammenbrach und mich krank und gebrochen fühlte. Mühselig konnte ich noch meine beabsichtigte Reise bis Rio de Janeiro fortsetzen, wo ich mich von dem ersten Arzt untersuchen ließ. Das, was er mir sagte, wirkte einfach niederschmetternd. ›Lieber Herr Doktor Morton,‹ meinte der brasilianische Arzt, übrigens ein Deutscher, achselzuckend, ›Sie haben stark gelebt, haben gegessen und getrunken, wie es Ihnen behagte, haben tausend Nächte zum Tag gemacht und müssen nun die Rechnung zahlen. Arteriosklerose, Verkalkung, Altersschwäche. Sie haben ja so schöne, pharmakopeutische und physiologische Entdeckungen gemacht, versuchen Sie es nun einmal, dem Altern ein Hindernis entgegenzusetzen. Erfinden Sie endlich ein Verjüngungsmittel.‹

Und die Worte des deutschen Arztes faßten Wurzel in meinem Gehirn und in meiner Seele. Ich wollte nicht langsam absterben, wollte nicht als Greis dahinsiechen, wollte noch leben, lange und voll und ohne Beschwerden. Es würde zu weit führen, wollte ich Ihnen jetzt schildern, wie ich Tag und Nacht ohne Unterbrechung in meinem Zimmer hockte und nachdachte. Schließlich kam ich zur Überzeugung, daß sich eine Verjüngung nur auf dem Wege der Blutübertragung erzielen lassen würde, und begann meine Experimente mit dem menschenähnlichsten Tiere, dem Affen, zu machen. Glücklicherweise befand ich mich ja in Brasilien, wo man Affen noch leichter haben kann, als hier Meerschweinchen. Nach monatelangen, mehr oder weniger erfolglosen Versuchen hatte ich endlich hintereinander eine Reihe von Erfolgen. Es gelang mir, durch die Übertragung des Blutes junger Affen auf alte diese ersichtlich zu verjüngern, äußerlich und innerlich ihre Lebenskraft zu erhöhen; Tiere, die bisher kümmerlich im Winkel gehockt hatten, neuerdings zu anstrengenden Klettereien fähig zu machen; Affen, die alle Zeichen des Marasmus aufwiesen, jugendlich aussehen zu lassen. Allerdings führten etwa zwanzig gelungene Transfusionen zu folgenden Feststellungen:

Die Bluttransfusion hatte nur bei Affen derselben Art Erfolg.

Die Übertragung mußte vom anderen Geschlecht ausgehen, das heißt, die Verjüngung eines alten männlichen Affen geschah nur dann, wenn der junge Affe weiblichen Geschlechtes war und umgekehrt.

Und drittens stellte es sich heraus, daß der junge Affe, aus dessen Adern das Blut für den zu verjüngenden genommen wurde, unfehlbar nach kurzer Zeit verfiel und einging, trotz der sorgsamsten Pflege und der wissenschaftlichsten Nahrungszufuhr zwecks frischer Blutbildung.

Meine Gier nach Jugend, mein Wunsch, weiterleben zu können, war nun so mächtig und überwältigend in mir, daß ich nicht einen Augenblick zögerte, die Experimente auch an mir auszuüben. Mit recht großer Mühe konnte ich mich in den Besitz eines kleinen Mädchens spanischer Abkunft setzen. Ich brachte die Kleine unschwer in einen Dämmerschlaf, da ich auf dem Gebiete der Hypnose viel vermag, und schritt zur Tat. Ich öffnete meine rechte Pulsader und die des Mädchens, das ich hoch über mir zu liegen brachte, und stellte nun mittels Gummischlauches auch die Verbindung zwischen den beiden Öffnungen her. Da der von oben kommende Luftdruck stärker war, so verhinderte er mein Blut nach einigen Minuten am Ausströmen, und ich konnte etwa ein Liter Blut des Kindes in meine Adern pumpen.

Nach sechsmaliger Transfusion wurde die kleine Spanierin von Herzschwäche befallen und starb. Ich selbst fühlte wohl eine gewisse Frische, aber lange nicht in dem Ausmaße, das ich erhofft hatte. Neuerliche Untersuchungen und Blutforschungen brachten mir die Überzeugung, daß ein voller Erfolg nur dann eintreten würde, wenn ich das Blut mir ganz gleichartiger Mädchen, also hellhäutiger und hellhaariger, erlangen könnte. Das erschwerte natürlich die Sache außerordentlich, da in Brasilien die Zahl der Blonden sehr gering und die blonder Kinder minimal ist. Auch war es mir klar, daß ich für weitere derartige Transfusion ganz andere Instrumente, und vor allem eine zuverlässige menschliche Hilfe haben müsse.

Recht verzagt reiste ich mit einem Küstendampfer nordwärts nach den Vereinigten Staaten, um von New Orleans aus mit der Bahn weiterzufahren. In New Orleans herrschte am Tage meiner Ankunft gerade eine regelrechte Negerhetze. Mehrere Schwarze, die sich angeblich gegen eine weiße Frau vergangen hatten, waren schon gelyncht worden, und der Pöbel suchte nun nach einem Geschwisterpaar, das im Negerviertel aus dem Fenster heraus auf Weiße heißes Wasser geschüttet haben sollte. Diese zwei, es waren Mulatten, wurden mit Bluthunden gesucht, und der Mob raste eben mit den Bestien nach dem Hotel zu, in dem ich abgestiegen war. Plötzlich flog die Tür meines Zimmers auf, und herein stürzte ein riesiger junger Mulattenbursche, hinter ihm seine etwa achtzehnjährige Schwester. Sie fielen vor mir auf die Knie, winselten um Gnade und Erbarmen und baten mich, sie vor ihren Verfolgern zu retten. Es waren dies die Geschwister, die vom Pöbel gesucht wurden. Nun, ich verbarg sie tatsächlich bei mir, ließ sie die Nacht in dem Kofferverschlag neben meinem Zimmer verbringen und nahm sie am anderen Tag frühmorgens mit mir nach New York. Von da an hingen Sam und Sara mit hündischer Treue an mir, und da ich sie außerdem immer auf dem Wege der Suggestion unter meinem Willen hielt, so hatte ich an ihnen gefügige, willenlose, unbedingt ergebene Werkzeuge. Langsam brachte ich ihnen die Überzeugung bei, daß, falls ich sie nicht mehr beschützen könnte, sie beide der Justiz verfallen wären, ich also mein Leben verlängern müsse, um auch das ihre zu sichern. Ich konnte nunmehr Sam und und Sara unbesorgt verwenden, einerseits, um die Mädchen, die ich brauchte, in meine Gewalt zu bekommen, andererseits, um mir bei den operativen Vorgängen behilflich zu sein.

In New York gelang es mir unschwer, ein blondes, gesundes Kind zu bekommen, und nachdem ich mir alle notwendigen chirurgischen Instrumente verschafft hatte, die meinen Zwecken entsprachen, schritt ich abermals zur Transfusion, die diesmal vorzüglich gelang. Nach viermaligem Blutwechsel starb das Kind, aber ich war wie neu geboren, bekam eine frische, jugendliche Gesichtsfarbe, alle meine Sinne belebten sich in ungeheurer Weise, und ich fühlte mich neuerdings allen Strapazen und Anforderungen gewachsen. Nach Ablauf eines halben Jahres allerdings stellten sich wieder Zeichen von Müdigkeit und Abspannung bei mir ein, und ich wußte, daß ich ein neues Opfer brauche, um dem Altern Trotz bieten zu können.

New York ist groß, einer kümmert sich nicht um den andern, das Gewissen ist abgestumpft, und es konnten aus den Vierteln der Armen Kinder spurlos verschwinden, ohne daß sich die Öffentlichkeit weiter darüber aufgeregt hätte. Immerhin – leicht war die Sache nicht. Ich machte, bevor ich an eine Transfusion schritt, natürlich immer erst Blutproben, um mich zu überzeugen, ob das Blut des Mädchens nicht verseucht oder krankhaft in der Zusammensetzung sei. Und da machte ich denn die Erfahrung, daß dies unter zehn Kindern des Volkes bei acht der Fall war, und daß ererbte und erworbene Krankheiten, die ersteren häufiger, das Blut für meine Zwecke unbrauchbar machten. Dies erschwerte mein Vorhaben ganz außerordentlich, denn nach vollzogener Blutprobe mit solchem Ergebnis mußte ich die Kinder wieder laufen lassen. Denn, Herr Crispin, ich wiederhole es, ich bin kein Mörder, ich bin auch nicht die brutale Bestie, für die Sie mich halten mögen, sondern ich bin nur ein Mensch, der das eigene Leben über das der anderen stellte, was im Prinzip wohl die meisten Menschen tun.

Es mehrten sich im Laufe der Jahre also die Fälle, in denen Kinder auf zwei bis drei Tage verschwunden blieben, um dann mit einer Stichwunde am Handgelenk und in verstörtem Zustande zu den Eltern zurückzukehren. Was vorgegangen war, wußten die Mädchen niemals, da ich sie, so wie sie in meiner Gewalt waren, in einen Dämmerzustand versetzt hatte – aber immerhin wußten sie, daß sie mit Gewalt irgendwohin gebracht worden waren.

Die Häufigkeit solcher Vorkommnisse begann schließlich Aufsehen zu erregen und die Öffentlichkeit zu beschäftigen, und ich zog es vor meinen

Aufenthalt zu verändern und abwechselnd in Chikago, Philadelphia und San Franzisko zu leben. Meine Erfahrung und Übung bei der Vorbereitung und Durchführung der jeweiligen Verjüngungskuren war im Laufe der Jahre außerordentlich gewachsen und ich sah es kleinen Mädchen fast auf den ersten Blick an, ob sie geeignet für mich waren oder nicht. Bekam ich ein blondes, sehr gesundes und kräftiges Kind in meine Gewalt, so dauerten die Wirkungen der Bluttransfusion bei mir bis zu zehn Monaten; war das Kind schwächlich und zart, so wurde schon nach drei Monaten eine Wiederholung notwendig. Vor sechs Jahren übersiedelte ich in diese Stadt und ließ mir mit großem Aufwand von Geld und Mühe das Haus in der Blumenstraße erbauen, das meinen Zwecken bis in die kleinste Einzelheit entsprach und mir jede Sicherheit zu bieten schien. In dieser Millionenstadt scheinen Kinder noch leichter und unbemerkter zu verschwinden als in den Städten der amerikanischen Union. Zweimal ereignete es sich, daß von den Eltern nicht einmal eine Abgängigkeitsanzeige erstattet wurde, und einmal, als ich mit meinem Automobil an einem brennenden Wohnhaus vorbeifuhr, konnte ich mich dreier geeigneter Mädchen bemächtigen, von denen man dann annahm, daß sie bei dem Brande ums Leben gekommen seien. Das Verschwinden der kleinen Ruth Clemens und Mary Peters – das waren die letzten Fälle – machte allerdings einiges Aufsehen."

Den Kriminalinspektor überfiel ein starres Entsetzen über die kühle, sachliche Art, in der Doktor Morton seine zahllosen Kindermorde förmlich registrierte, und er konnte nicht umhin, auszurufen: „Das alles klingt so grauenhaft, daß ich es lieber für einen bösen Traum halten möchte."

Doktor Morton nickte. „Ja, es ist furchtbar, daß einer, um zu leben, andere töten muß. Aber ungewöhnlich ist es doch nicht. Wieviel Menschen zum Beispiel sind schon durch die Regierungen umgebracht worden, weil diese sich einbildeten, ohne diesen oder jenen Fetzen Land nicht leben zu können. Übrigens irren Sie sich, wenn Sie glauben, daß ich ganz herzlos bin. Ich habe schwere innere Kämpfe durchgemacht, bevor ich mich daran gewöhnt habe, den Tod von Kindern zugunsten meines Lebens als Unabänderlichkeit zu betrachten.

Aber was sollen diese nutzlosen Auseinandersetzungen? Lassen Sie mich lieber meinen Bericht beenden.

Vor etlichen Wochen erregte im Jubiläumspark ein kleines blondes Mädchen meine Aufmerksamkeit, dessen Gesundheit, Feinrassigkeit und Gepflegtheit ersichtlich waren. Ich schickte Sam hinter dem Mädchen her und erfuhr bald, was ich wissen wollte. Nur erwies es sich als schwierig, an die Kleine heranzukommen, da sie immer in Gesellschaft eines Knaben war, der nicht von ihrer Seite wich. Ich hatte es mir nun einmal in den Kopf gesetzt, dieses Mädchen für mich zu verwenden, und so sann ich über Mittel und Wege nach, die Kinder auf einige Minuten von einander zu trennen. Nun, gar so schwer war es nicht. Ich erfuhr, in welches Gymnasium der junge Mann ging, erkundigte mich nach dem Namen seines Professors und benützte zur Ausführung meines Planes den Tag der Zeugnisverteilung. Während Sam mit dem Auto langsam in der Nähe des Parkes umherfuhr, lief ich rasch in ein Restaurant, telephonierte das Haus des Fabriksbesitzers Holgerman als Professor Brummel an und bat, den Knaben sofort zu verständigen, er möge mich anrufen. Als ich dann sah, daß tatsächlich die Kinder den Park verließen, fuhr ich ihnen im Auto nach. Hätte Gertie Sehring nicht unten gewartet, so hätte ich mein Vorhaben eben verschieben müssen; es ging aber alles ganz nach Wunsch.

Gertie blieb auf der Straße, ich fuhr langsam an ihr vorbei, riß die Tür des Autos auf, beugte mich hinaus, winkte der Kleinen, die sofort näher kam, fragte, ob hier das Haus des Herrn Holgerman sei, und als Gertie eifrig bejahte, hatte ich ihr auch schon die Kehle zugedrückt, so daß sie kaum noch einen Schrei ausstoßen konnte, und sie zu mir hineingehoben. Unterwegs nach meinem Hause versetzte ich die Kleine trotz ihres Widerstrebens in einen hypnotischen Schlaf, aus dem ich sie erst am nächsten Tage erweckte. Ich muß hier, um ganz bei der Wahrheit zu bleiben, zugeben, daß mir kein Kind so viel zu schaffen gemacht hat, wie Gertie Sehring. Sobald sie aus dem Schlaf erwachte, führte sie furchtbare Szenen auf, wand sich in Weinkrämpfen und ließ sich weder von mir noch von Sara beruhigen. Nach einigen Tagen gab sich das, aber von da an saß die Kleine, der wir gewaltsam Nahrung beibringen mußten, vollständig verstört und bewegungslos in der Zimmerecke, so daß ich ernstlich fürchtete, sie zu verlieren, bevor die Bluttransfusion, die ich wieder sehr notwendig brauchte, beendet sein würde. Bisher wurde die Transfusion dreimal vorgenommen, und ich hatte vor, heute die vierte, morgen die fünfte zu bewerkstelligen, was ja wohl gleichzeitig das Ende des Kindes bedeutet hätte. Jetzt, wo für mich alles vorbei und mein Leben verwirkt ist, freue ich mich, daß Gertie noch lebt und hoffentlich auch am Leben bleiben wird. Und nun, Herr Crispin, habe ich Ihnen alles mitgeteilt und bitte, so rasch als möglich dem ordentlichen Gericht überwiesen zu werden. Ich habe das Leben geliebt und das Altern gehaßt, aber der Tod hat keine Schrecken für mich, obwohl ich es entschieden vorgezogen hätte, freiwillig mit Hilfe meiner Giftpillen zu sterben als auf dem Schafott."

XXV. Kapitel
Der Held des Tages

Der Tag, der für Bob anbrach, war für ihn ein großer, einer jener Tage, dessen Erinnerung ihn nie mehr im Leben verlassen konnte.

Um sechs Uhr morgens schon war Gertie in Bobs Bett erwacht, hatte sich aufgesetzt, schlaftrunken und verwirrt die Äuglein gerieben und nicht gewußt, wo sie sich befand. Als sie den großen Hund neben dem Bett erblickte, wollte sie arg erschrecken, aber Troll verstand es wunderbar, sie zu beruhigen, indem er den Kopf auf ihre Knie legte und sie treuherzig ansah, worauf Gertie, die gerade hatte weinen wollen, es vorzog, ihn zu kraulen, und langsam zu erkennen begann, daß sie nicht mehr dort sei, wo sie gestern gewesen war.

Troll hielt nun aber den Zeitpunkt für gekommen, das Haus von dem Erwachen des kleinen Mädchens, das mit den langen blonden Locken, die über Bobs Nachthemd fielen, süß und lieb wie ein Engel aussah, zu verständigen, und er tat dies, indem er mit der Pfote die Tür öffnete und kurz aber entschieden in den Korridor hinausbellte, was zur Folge hatte, daß sich sehr rasch das Zimmer mit Menschen füllte. Zuerst kam Bob, der schon seit einer Stunde auf dieses Erwachen wartete, und nun jubelnd und jauchzend seine kleine Freundin umarmte und küßte. Worauf Gertie seinen Hals umschlang, ihn groß ansah und mit ihrem glockenhellen Stimmchen sagte: „Bobbie, wie komme ich hieher? Dies ist doch dein Zimmer und dein Bett! Wo ist meine Mami? Bob, ich habe sehr Häßliches geträumt und glaube, daß ich im Schlafe viel geweint habe."

Aber nun kamen auch Herr und Frau Holgerman und hinter ihnen ein freundlicher dicker Herr mit einer goldenen Brille. Es war dies der Hausarzt der Familie Holgerman, der nun alle hinausschickte, Gertie gründlich untersuchte und dann, als die anderen wieder im Zimmer waren, sagte:

„Das Kind ist wohlauf und soweit gesund, nur durch einen äußerst großen Blutverlust, der auf die Schnitte in den Pulsadern zurückzuführen ist, furchtbar geschwächt. Sie muß nun viel essen, viel ruhen und womöglich hinaus aus der heißen Stadt an die See. Dann wird sich die Kleine in ein paar Wochen wieder ganz erholen."

Worauf Herr und Frau Holgerman einander ansahen und lächelnd einen Blick des Einverständnisses tauschten.

Was nun aber eigentlich mit Gertie geschehen war, wußte noch niemand von den Anwesenden, doch sollten sie es bald erfahren, denn kaum hatte Gertie ihr Frühstück, bestehend aus Milch und weichen Eiern, mit Appetit verzehrt, als auch schon Herr Crispin mit einem Schreiber und einem höheren Beamten der Staatsanwaltschaft erschien, um die Kleine, falls der Arzt es erlauben würde, zu vernehmen. Der Arzt hatte nichts einzuwenden, und so setzten sich denn die Beamten, nachdem Herr Crispin unten im Wohnzimmer kurz von dem Geständnis des Doktor Morton berichtet hatte, zum Bette Gerties, das Bob und seine Eltern maßlos erschüttert umstanden. Herr Crispin streichelte die Hand und die Locken der ein wenig scheuen Gertie und fing sehr geschickt auf folgende Weise an:

„Liebes kleines Mädchen, wir müssen von dir erfahren, was dir die bösen Menschen, aus deren Händen dich dein Freund Bob befreit hat, getan haben. Du wirst dich sicher daran erinnern, daß du vor mehr als zwei Wochen gewaltsam fortgeschleppt wurdest. Denke nun gut nach und erzähle uns, wie das gekommen ist und was nachher alles geschah."

Während Totenstille im Zimmer herrschte, sah Gertie bewegungslos vor sich hin, wandte das Köpfchen Bob zu und sagte: „Bobbie soll sich zu mir setzen."

Bob setzte sich an den Rand des Bettes, sie nahm seine Hand, drückte sie heftig, dachte einige Minuten nach und begann dann: „Nunmehr erinnere ich mich – – ja, ich sollte vor langer, langer Zeit vor dem Hause auf Bob warten, der zum Telephon gegangen war. Plötzlich kam ein schönes Automobil, das wir schon vorher gesehen hatten, angefahren, das von einem häßlichen, braunen, großen Mann gelenkt wurde. Auch ihm waren wir vorher begegnet. Die Wagentür ging auf, ein alter Herr beugte sich heraus, winkte mir zu, fragte mich etwas, was ich nicht mehr weiß, und als ich antworten wollte, packte er mich am Hals und riß mich in den Wagen hinein. Während der Fahrt hielt er einen Arm um mich, so daß ich mich nicht bewegen konnte, und mit der anderen Hand drückte er mir ein Tuch fest vor den Mund, so daß ich auch nicht schreien konnte. Mir wurde schlecht und ganz dunkel vor den Augen, und als ich erwachte, war ich in einem Zimmer, in dem elektrisches Licht brannte. Kaum hatte ich die Augen geöffnet, als ich furchtbar zu schreien begann, worauf eine häßliche schwarze Person hereinkam und mit einer Puppe vor mir hin und her tanzte, um mich lachen zu machen. Ich schrie aber noch mehr, bis der alte Herr aus dem Auto kam und mich fest und starr ansah, so daß ich zu schreien aufhören mußte. Dann weiß ich eigentlich gar nichts mehr. Immer war mir, als wenn ich schlafen müßte, alles schien ganz dunkel zu sein, und ich weiß nur, daß mir der alte Herr oft sehr wehe getan hat, während mich die schwarze Person festhielt, und daß ich dann nachher immer so furchtbar müde war und glaubte, sterben zu müssen. Und immer war ich allein, und saß dann in der Ecke in einem großen Stuhl, wollte laut schreien, konnte es aber nicht, und weinte ganz leise, daß meine Augen brannten. Und dann war es mir einmal, als ob ein weißes Mäuschen in mein Zimmer hineinhuschte, so daß ich furchtbar erschrak und ganz wach davon wurde. Wie ich aber hinsah, bemerkte ich, daß es keine Maus war, sondern ein weißes Blatt Papier, das ganz von selbst von der Tür her in das Zimmer kroch. Und weil ich mich in diesem Augenblicke wach fühlte, stand ich auf und ging zu dem Papier hin, hob es auf, und da las ich mühsam die Worte: ›Ist hier jemand?‹

Und da tanzte alles um mich her und ich wäre fast umgefallen, aber ich nahm mich sehr zusammen, weil ich wußte, daß ich rasch antworten müßte. Ich hatte aber keine Tinte und keine Bleifeder, und so nahm ich denn eine Tafel Schokolade, die man mir auf den Tisch gelegt hatte, machte sie mit der Zunge feucht und schrieb hin, daß ich, Gertie Sehring, da wäre und sterben müßte. Und dann schob ich den Zettel wieder unter die Türe, kroch in meinen Stuhl und wartete, lange, lange. Was dann weiter geschah und wie ich hierhergekommen bin, weiß ich nicht."

Gertie war mit ihrer Erzählung zu Ende, aber auch mit ihrer Kraft. Bleich lehnte sie sich in die Kissen zurück, und als sie sah, wie alle ringsum, sogar die ernsten Männer, die sie nicht kannte, weinten oder doch Tränen in den Augen hatten, da begann auch sie jämmerlich zu weinen und nach ihrer Mutter zu schreien, bis Bob sich über sie beugte und sie streichelte. Da fielen ihr die Augen zu und sie schlief sanft ein.

Herr Crispin und die anderen Herren empfahlen sich, und nun galt es, Gerties Mutter vorzubereiten. Diese Aufgabe übernahmen Frau Holgerman und Bob gemeinsam. Sie fanden Frau Sehring im Lehnstuhl und bei etwas besserem Befinden; sie erhob sich sogar, um den beiden entgegenzugehen, wobei sie Bob erwartungsvoll ansah. Frau Holgerman schlug den Arm um die schmalen Schultern der Frau und sagte freundlich lächelnd:

„Frau Sehring, heute bringen wir bessere Botschaft als sonst. Wir wissen schon, daß Gertie am Leben und gesund ist und bald bei Ihnen weilen wird."

Frau Sehring schrie gellend auf. „Gertie! Wo ist mein Kind! Ich will hin zu ihr!“

Die Wärterin kam hinzu. Frau Sehring wurde mit sanfter Gewalt genötigt, sich zu setzen, und wußte nach wenigen Minuten, daß ihr Kind aus den Händen eines wüsten Unholds gerettet sei und eben drüben sanft schlummere. Freude kann töten – Freude kann auch beleben. Frau Sehring war nicht zu halten. Alle Hinfälligkeit war von ihr geschwunden, rasch wechselte sie den Schlafrock mit einem Straßenkleid und lief mit Frau Holgerman und Bob hinüber, um beim Erwachen ihres Kindes zugegen zu sein. Sie wurde allein am Bette Gerties gelassen, allein konnte sie das Wiedersehen mit dem verloren geglaubten und wiedergefundenen Kinde feiern...

Bobbies aber harrten neue Aufregungen. Plötzlich begannen Automobile, eines nach dem andern, heranzurasen, und ihnen entstiegen Reporter der verschiedenen Zeitungen. Zehnmal hintereinander mußte Bob seine Geschichte erzählen, ja man zwang ihn sogar, nochmals das Schornsteinfegergewand anzuziehen, um sich so photographieren und zeichnen zu lassen, und alle die gewichtigen Zeitungsmänner behandelten ihn geradezu mit Ehrfurcht. Die ersten Mittagsblätter veröffentlichten denn auch schon seitenlange Berichte, und die Mittagsausgabe der „Tribüne“ verstieg sich sogar zu der Behauptung:

„Zweifellos ist Bob Holgerman, der dreizehnjährige Amateurdetektiv, heute die interessanteste Persönlichkeit des Reiches.“

Mittags fühlte sich Gertie so wohl, daß sie mit ihrer Mutter bei Holgermans speisen konnte, und zwar nicht im Bette, sondern bei Tisch. Auch der Hausarzt war anwesend und erhob sich gerade, um eine Tischrede über die wunderbaren Erlebnisse Gerties und Bobs zu halten, als Unerwartetes geschah. In der ganzen Stadt war die Geschichte des Doktor Morton das einzige Tagesgespräch, und da hatte irgendwer irgendwo das Losungswort ausgegeben, zum Hause des Herrn Holgerman zu ziehen, um den tapferen kleinen Jungen zu feiern. Unterwegs schwoll die kleine Menschenmenge lawinenartig an, und plötzlich war es eine ungeheure Masse aufgeregter Leute, die die Straßen füllte und nun zum Hause des Fabrikbesitzers Holgerman drängte. Und gerade in dem Augenblicke, als der Arzt mit den Worten: „Bob und Gertie, sie mögen lange leben“, sein Glas zum Munde führte, brauste durch die offenen Fenster der tausendstimmige Ruf: „Hoch Bob Holgerman, hoch, hoch, hoch!“

Und die ganze Menge begann zu toben und zu rasen und nach Bob zu schreien, und einzelne junge Leute machten sich daran, durch die Fenster des Erdgeschosses einzusteigen, so daß Herr Holgerman, sich die Haare raufend, Bob bat, auf den Balkon hinauszutreten. Und da Gertie ein neugieriges und ein ganz klein wenig eitles Weibchen war und Troll prinzipiell seinem jungen Herrn wie ein Schatten folgte, so geschah es, daß alle drei auf dem Balkon erschienen, umbraust von den Hochrufen und dem Jubelgeschrei der Menschenmenge.

Als sich schließlich die Massen verlaufen hatten, erklärte aber Herr Holgerman aufs bestimmteste: „Kinder, die Stadt beginnt nun auch mir zu heiß zu werden. Morgen mit dem ersten Zug fahren wir alle, Frau Sehring und Gertie natürlich mit uns, nach der See.“

„Und Troll?“ wandte Bob fragend ein.

„Troll kommt mit,“ lautete die lachende Antwort.

„Und Frau Krikl und Herr Matthias und Herr Möller?“ fragte Bob kühn und beharrlich.

„Hm,“ meinte Herr Holgerman, der inzwischen alle Geheimnisse seines Sohnes kennen gelernt hatte, belustigt, „wenn sie wollen, können sie auch mitkommen. Platz ist genug in der Villa, die ich dort unten gemietet habe.“

Herr Matthias aber und sein Neffe, der Schornsteinfegermeister, erklärten während des Nachmittagsbesuches, den sie abstatteten, keine Zeit für solche Unternehmungen zu haben. Und so war es nur die überglückliche Tante Sibylle Krikl, die mit nach der See fuhr.

XXVI. Kapitel

Doktor Mortons Ende und ein junges Brautpaar

Sechs Wochen später kehrten sie alle nach der Hauptstadt zurück. Frau Sehring gekräftigt und erholt, Bob braun wie ein Matrose, Gertie blühend und schöner noch als sie gewesen. Frau Krikl als zärtliche, glückliche „Tante". Nicht nur der nahende Schulbeginn hatte aber die Heimreise notwendig gemacht, sondern eine andere, ernste und wenig erfreuliche Angelegenheit. Die Schwurgerichtsverhandlung gegen Doktor Morton wegen mehrfachen Meuchelmordes, gegen Sam wegen Beihilfe und gegen Sara wegen entfernter Beihilfe war anberaumt und die Zeugenaussage Bobs unbedingt notwendig, während man auf die der kleinen Gertie verzichtet hatte.

Doktor Morton, der im Untersuchungsgefängnis schrecklich verfallen und nun tatsächlich auch äußerlich ein achtzigjähriger Greis geworden war, verweigerte jede Antwort und verwies nur auf sein Geständnis in der Nacht nach seiner Verhaftung. Sam und Sara erklärten heulend und weinend, daß sie den Befehlen ihres Herrn gehorcht hatten. Als Hauptzeuge trat aber Bob auf, der mit der Haltung eines kleinen Weltmannes seine Geschichte erzählte, immer wieder vom Beifall der Zuhörer unterbrochen.

Das Urteil lautete auf Todesstrafe für Doktor Morton und den Mulatten Sam, auf lebenslängliches Zuchthaus für Sara. Und der unselige Mann, der seine Gelehrsamkeit in tierischer Selbstsucht statt zum Heile der Menschheit zu seinem eigenen Wohl und zum Verderben unschuldiger Kinder angewandt hatte, starb mit seinem willenlosen Sklaven einige Tage später durch Henkershand.

An diesem Tage rief das Ehepaar Holgerman feierlich und ernst die beiden Kinder zu sich, und nach einigem Räuspern ließ der Fabrikbesitzer folgende Rede vom Stapel:

„Kinder, so ungern ich es tue, ich muß euch jetzt voneinander trennen. Bobs Bleiben in dieser Stadt ist vorläufig nicht mehr möglich. Du kannst als zweibeinige Weltberühmtheit nicht hier aufwachsen, ohne Schaden an deiner Seele zu nehmen. Auch in der Schule wäre auf die Dauer deine Stellung den Mitschülern und Professoren gegenüber nicht haltbar. Und noch aus anderen Gründen, die ich dir heute noch nicht erklären kann, ist es gut, wenn du von hier fortkommst. Bob, mein lieber, kluger, tapferer Junge, du weißt, wie ungern ich mich von dir trenne, aber es muß zu deinem eigenen Besten so sein. Ich habe alles vorbereitet: du fährst morgen nach der Schweiz in ein Pensionat in Lausanne, wo du deine Schulpflicht beenden wirst. In den Ferien wirst du immer bei uns und bei deiner kleinen Freundin sein, die uns nun ein zweites Kind geworden ist, das wir gemeinsam mit ihrer Mutter hegen und pflegen und lieben wollen. Und in fünf Jahren, wenn du mit der Schule fertig bist, trittst du zu mir in die Fabrik ein, und dann noch zwei, drei Jahre, und du bist ein Mann, und ich werde dann der letzte sein, der es verhindern wird, wenn du Gertie zu deiner kleinen Frau und zu unserem Töchterchen machen willst. Denn wenn je das schöne Wort am Platze war: ›Was Gott zusammengefügt, das soll der Mensch nicht scheiden‹, so hier!“

Eng aneinandergeschmiegt wie ein Brautpaar standen die Kinder da und lächelten selig unter Tränen.

Ende.